Crônicas
da
vida e da
morte

Roberto DaMatta

Crônicas da vida e da morte

Rocco

Copyright © 2009 by Roberto DaMatta

Direitos desta edição reservados à
EDITORA ROCCO LTDA.
Av. Presidente Wilson, 231 – 8º andar
20030-021 – Rio de Janeiro, RJ
Tel.: (21) 3525-2000 – Fax: (21) 3525-2001
rocco@rocco.com.br
www.rocco.com.br

Printed in Brazil/Impresso no Brasil

preparação de originais
NATALIE ARAÚJO LIMA

CIP-Brasil. Catalogação-na-fonte.
Sindicato Nacional dos Editores de Livros, RJ.

M386c	Matta, Roberto da, 1936-
	Crônicas da vida e da morte / Roberto DaMatta.
	– Rio de Janeiro: Rocco, 2009.
	ISBN 978-85-325-2426-3
	1. Matta, Roberto da, 1936-. I. Título.

09-1285	CDD- 869.98
	CDU-821.134.3(81)-94

Estes escritos são dedicados à memória do meu amado filho Rodrigo.

SUMÁRIO

Prólogo 11

I Vida e morte

Questionamentos

A cura por Schopenhauer 17
A primeira vez 20
A sete palmos 23
A vida imita a arte ou vice-versa ao contrário 27
A vida imita a arte ou vice-versa ao contrário II 30
A carta do filho morto 33
Entre presentes 36
Depois de tudo: em torno de heranças e legados ... 39
Quando o tempo passa 43
Rezar e chorar 46
Sabemos demais 49

Memórias da antropologia

Roberto Cardoso de Oliveira 55
Muitas dádivas e um reconhecimento:
    David Maybury-Lewis 58
Uma renúncia do mundo 61
Renunciante do mundo (ou onde estavas) 64
Sobre exames e concursos 67
Náufragos 70

II Sociedade brasileira

Velhos hábitos

A vida pelo avesso 77
De novo, "você sabe com quem está falando?" 80
Você tem inveja? 83
A crônica da inveja e a inveja da crônica 86
O macaco cidadão 89
Em torno dos gatos 92
Manifestações coletivas 95
O lugar da polícia 98
Onde está a polícia 101
O novelo da novela 104

Hierarquias, igualdade, calvinismo

A cultura como realidade 109
A ressurreição da carne 112
Conspirações e segmentações: eventos e sociedades ... 122
Diálogos & dialéticas 125
A montanha do espinhaço quebrado 128

Crise e identidade

Batendo de frente com o mundo 133
A imagem do bem limitado 136
Em torno do bem ilimitado 139
O valor das ideias 142
Em torno de um valor nacional: a mentira 145
Em torno de um valor nacional: a mentira II 148
Brasil de todos os santos, pecados e éticas 151
Brasil de todos os santos, pecados e éticas II 154
Descumprir a lei: memória de uma conferência 157
Macaqueando: em torno das imitações 160
Macaqueando: em torno das imitações II 163
Esfera pública e mendacidade 166

Cuidar ou governar? 169
Uma história do Diabo 172
Decolagem e contradições: a visão de fora 175

III Crônicas do dia a dia

Pre (visões) 181
Amor, ética e sociedade 184
Os efeitos sociais do neoliberalismo 188
De novo, as olimpíadas 191
Por que gostamos de futebol? 194
Que time é teu? Ou o eterno retorno do futebol 197
O futebol e seus hospedes não convidados 200
O futebol e seus hospedes não convidados (II) 203
O público e o privado 205
Tropa de elite e tropo de elite 208
Algemado 211
Algemado (II) 214
Algemado (III) 217
Quem é dono do "social"? 220
Sobre mães e madrastas 222
Na praia, a reforma da sociedade 225
Desperdícios 228

PRÓLOGO

Neste livro o leitor vai encontrar uma seleção de crônicas publicadas em periódicos, a sua esmagadora maioria nos jornais *O Estado de S. Paulo* e *O Globo*.

Quando se decide tirar escritos de um periódico, assume-se a esperança de que sejam capazes de sobreviver aos fatos que implícita ou explicitamente foram seus motivadores e agenciaram sua escrita. Neste sentido, o livro de crônicas inverte a sua mais óbvia manifestação, pois se os comentários e as críticas foram inventados ao sabor e no calor dos eventos e em torno das circunstâncias sempre complexas do seu acontecer, agora – como um volume – elas são os fatos. Oxalá resistam ao chão empoeirado das rotinas e aos ares superiores de algumas interpretações.

Como desculpa para o que pode parecer a alguns como complicação sociológica, gostaria apenas de reiterar que todas as crônicas giram em torno da questão da igualdade como valor na sociedade brasileira. Essa igualdade que faz par com a liberdade e que é fácil de falar, mas complicada de praticar num sistema social que permanece perfeitamente coerente com seus princípios e vieses aristocráticos que engendraram entre nós um país fora do comum. Um lugar onde misturamos capitalismo com monarquia e escravidão e que, pasmemos todos, atravessou todo o século XIX altaneiro e brilhante, como um romance de Machado de Assis. No meu entender, devemos à igualdade uma reflexão ou ponderação mais profunda, já que estou convencido, como digo explicitamente neste livro, de que todo o problema da nossa democracia (e modernidade) tem a ver, num extremo, com sua rejeição; noutro, com a ignorância de sua presença vital como prática e ideal no liberalismo.

De novidade o leitor terá, ao lado do conhecido cronista acadêmico, o homem perplexo com as reviravoltas do mundo e da vida. Nos últimos anos, perdi amados mentores, professores e amigos, um queridíssimo irmão mais novo e o meu primogênito. O filho que me tornou pai e me trouxe a concretude da experiência de doar a vida, e com isso de desfrutar da experiência dos deuses.

Essas crônicas têm a marca da renovação e do renascimento. Da renovação, porque diante da doença, da indiferença, da hipocrisia e da morte, eu sigo sereno, escolhendo a vida e o trabalho. Do renascimento, porque este trecho da minha vida tem revelado que cabe mesmo a nós, humanos, dar sentido – como homens entre homens, como dizia Sartre – a todos (e eu repito, todos!) os acontecimentos que constituem e dão fundamento às nossas trajetórias.

Ensaio aqui, certamente pela primeira vez de modo mais franco e aberto, a tentativa de alinhavar alguns fatos num fio literário. Se apenas um fio separa a vida da morte, espero que esse mesmo fio possa ligar esses escritos a vocês, queridos leitores.

ROBERTO DAMATTA
Jardim Ubá – 13 de abril de 2009

I – VIDA E MORTE

Questionamentos

A CURA POR SCHOPENHAUER

"Sem livros, eu teria me desesperado há muito tempo."
Arthur Schopenhauer

Somos levados pela vida. Mas a "sabedoria" do velho lema não resiste a alguns segundos de reflexão. Como não ser levado pela vida se o cara está vivo? Só os mortos não são mais levados pela vida e dela estão brutalmente separados. O congelamento ridículo do morto é o centro do paradoxo. Como morreu, se estava vivo? A pergunta burra é fundamental para compreender esse "ser levado pela vida": a condição básica para morrer é estar vivo! Viver é ser levado e, mais das vezes, arrastado pelo ralo da existência. O sujeito se esconde no quarto ou no alto cargo pensando que vai escapar da queda-d'água, mas está apenas entrando num outro tipo de corrente. Os renunciantes do mundo, quando não são marginais plenos, fundam seitas religiosas e movimentos sociais. Foi o caso de Antônio Conselheiro, cujo isolamento da vida comunitária teve tal profundidade, que acabou por trazê-lo de volta ao mundo do qual buscava escapar no bojo do mais trágico conflito armado e aberto da história brasileira: a guerra de Canudos.

Todos somos cegos sobre nossas vidas porque, como reitera o trovador, de perto ninguém é normal. O filósofo Schopenhauer dizia que, nos seus minúsculos detalhes, tudo na vida parece ridículo ou cômico. Tal como uma gota d'água na qual vemos uma multidão agitada de protozoários. Mas note bem o verbo parecer. Pois, se chegarmos perto do microscópio, como fazem os terapeutas, descobrimos que o ridículo e o cômico adquirem novos significados. Como Schopenhauer foi um renunciante do mundo no melhor estilo indiano, cujas lições de sabedoria conhecia e certamente tentou seguir, ele também adotou o olhar

CRÔNICAS DA VIDA E DA MORTE 17

distanciado, promovido pelo cume das montanhas que faz desaparecer o pequeno, deixando ver somente o relevante.

Esses efeitos de estranhamento por aproximação ou distanciamento são importantes para lidar com os fatos da vida. Quando um evento avassalador nos pega de surpresa, não podemos usar o microscópio. Pois se entrarmos dentro do que nos arrasta ficamos presos na correnteza. Nesses casos, devemos fazer uso da visão do cume da montanha que nos ajuda a distinguir o grande do pequeno. E faz com que até mesmo os fatos irremediáveis, como a morte súbita ou a doença incurável, percam seu poder esmagador.

No mundo público, é comum olhar o adversário pelo microscópio para vê-lo perdido nos seus próprios defeitos enquanto vemos a nós mesmos e os nossos aliados pela lupa do Lula como os mais inovadores, os mais honestos e os mais perfeitos. Como magníficos descobridores da pólvora: aqueles que fizeram tudo "neste país". A lupa do narcisismo, se não torna o outro invisível, o faz sumir em meio a seus erros. Na política, é rotineiro o olhar do cume da montanha nas campanhas eleitorais e, dessa distância, enxergar tudo o que precisa ser feito; e, ao mesmo tempo, usar o olhar próximo para os opositores que, no governo, são acusados da grama e não do gramado.

Os defeitos são dimensões da proximidade, já as qualidades surgem com a distância contida na saudade, na generosidade e na compaixão. O amor é ponte porque, num sentido preciso, ele liga virtudes longínquas, como a esperança, com as próximas, como a caridade. Foi por isso que São Paulo Apóstolo falou que de nada vale o sino do melhor metal, se no seu som não há amor. Do mesmo modo, de nada valem leis formalmente perfeitas e que resolvem tudo, se não há juízes, delegados, policiais, advogados e cidadãos para segui-las e honrá-las.

* * *

Esses pensamentos são o resultado de uma indizível perda pessoal que tenho elaborado, entre outras coisas, pela leitura. Na sua humildade de túmulos quando fechados, mas com sua voz profética e amorosa quando abertos, os livros – como a vida e as pessoas – nos levam para outros livros.

Thomas Mann me reconduziu a Freud, fez-me reler Nietzsche e me despertou para Schopenhauer, cuja filosofia, centrada na vida como sofrimento, bem como na experiência estética como finitude graciosa dentro da dura indiferença do mundo, tem me ajudado a transformar a aridez da perda no campo verdejante da saudade.

Foi, pois, o próprio Arthur Schopenhauer e não a lista de best-sellers que, por seu turno, levou-me a Irvin D. Yalom, e ao seu maravilhoso *A cura de Schopenhauer*. Ali eu me inspirei para escrever sobre esse princípio da proximidade e da distância como ponto fundamental para entender o meu cotidiano e – quem sabe? – cumprir o verdadeiro papel de cronista. Pois o que faz a crônica senão tentar tirar o leitor da caótica indiferença de um cotidiano fragmentado por todo tipo de injustiça, imoralidade e incúria governamental, fazendo-o olhar para si mesmo com mais caridade, paciência e esperança?

Quem sabe não podemos usar Schopenhauer para, senão "curar" o Brasil, pois isso seria muita inocência, ao menos aliviar a confusão de um único leitor. O que seria uma bênção.

A PRIMEIRA VEZ

Graças à força da publicidade e ao talento de Washington Olivetto, muito tem sido dito sobre aquela premiada peça publicitária, na qual uma moça linda e virginal – uma rara imagem primaveril de mulher neste nosso mundo onde todos estão emancipados – experimenta o seu primeiro sutiã.

Agora mesmo, no belo sábado estival de 27 de setembro passado, testemunhei a compra *do primeiro* sapato de salto alto para uma de minhas netas. Por motivos desconhecidos e que estão muito além de toda a sabedoria humana e, mais ainda, dos meus desejos, ocupei o lugar do pai nesse minúsculo rito de passagem, quando a menina calça o sapatinho de salto alto expressivo desses primeiros degraus de sua transição para o estado de adolescente ou de mocinha, como falamos afetivamente no Brasil. O sapato de salto alto, como sabe a Cinderela, é expressivo desses primeiros passos em direção ao complexo território dos gêneros.

No momento da compra, uma vendedora abriu o processo de ritualização, perguntando para a acanhada compradora se ela queria mesmo um sapato de salto alto. Ouvida a afirmativa, a lojista tocou no ponto crítico de todo rito de passagem, quando questionou se ela sabia mesmo andar de salto alto, o que a menina realizou em seguida – mas não sem alguma hesitação. Falo em ponto crítico porque, no meu entender, é a sustentação de um foco ou de um ponto de vista que, afinal de contas, engendra a ritualização, dramatizando – com as provas e os testes contidos nessas ocasiões – algo que, sem a força exagerada da atenção, faria parte da inconsciência geral com a qual somos embrulhados pela correnteza da vida.

No seu livrinho clássico sobre os rituais de passagem, Arnold Van Gennep, que descobriu e consagrou a expressão, bem como

as etapas desses rituais, diz o seguinte sobre essas cerimônias da "primeira vez":
"A primeira vez é que tem valor", afirma um ditado popular, não deixando de ter interesse observar que não somente essa ideia é propriamente universal, mas traduz-se em toda parte com maior ou menor força, por meio de ritos especiais (ver *Os ritos de passagem*, tradução de Mariano Ferreira. Petrópolis: Editora Vozes, p. 147).
Vendo minha querida compradora calçar e dar seus primeiros passos de salto alto, eu a imaginei em outras caminhadas. A primeira dança, abraço, beijo, enamoramento, e tudo o que chega com essas coisas e, de dentro do meu coração de avô, veio aquele primeiro desejo (misto de prece e esperança – as duas andam sempre juntas) de que todas as suas estreias fossem repletas de beleza e verdade.

* * *

O importante, o arriscado, o fatal, o que tem a ver com entrega e doação sempre implica uma primeira vez, mesmo que tenha sido muitas vezes realizado. Um importante empresário brasileiro ficou impressionado com meu nervosismo numa conferência sobre o Brasil na Universidade de Oxford.
– Mas você faz tanto isso...
– É justamente por causa disso que estou nervoso...

* * *

Toda primeira vez sinaliza um empacotamento de vida. Toda estreia assinala a possibilidade de (re)fazer uma história que, por ter início, meio e fim, como descobriu com esplêndida ingenuidade Van Gennep, aniquila um pouco a indiferença de um mundo sabidamente contínuo e, por isso mesmo, indiferente ao pipocar de vida e de paixão que eventualmente surge em seu seio.
Porque, como sabe a moça do sutiã e vai saber a menina do sapato alto, todo começo implica uma metade e, depois, um fim. Só o eterno e o nada não têm primeira nem última vez. Sabendo ou não, Van Gennep e tantos outros que depois dele (inclusive eu) falaram em ritual como uma máquina de promover diferen-

ças face a uma realidade indiferente (a vida) apenas exprimiam aquilo que um Thomas Mann imbuído de Schopenhauer disse de forma mais cabal e completa pela boca de Felix Krull, seu herói mais desconstruído e malandro: Dizendo que se a vida era apenas um episódio, isso a tornava mais simpática a mim, eu expressara o mais humano dos pensamentos. Em lugar de achar que a transitoriedade desvalorizava, era exatamente ela que conferia a toda existência valor, dignidade e beleza. Só o episódico, só o que tinha começo e fim era interessante e despertava simpatia, animado que estava pela sua condição de transitório. Mas tudo era assim – todo Ser cósmico era tocado pela efemeridade, e só o Nada era eterno e, por isso mesmo, não possuía alma nem merecia simpatia. O Nada do qual o Ser fora convocado para gozar e sofrer.

* * *

Acabo de escrever esse trabalho e encontro o Fonseca, o jardineiro branco e pobre do vizinho. Por ter a mania de me transformar em professor e oráculo, ele comenta:
— Eu estou muito desconfiado desse negão esquisito, candidato a presidente americano. Como é mesmo o nome dele? *Obana*?
— Barack Obama! – retifico imediatamente e, já que estamos no terreno familiar das pessoas, solto outro corretivo: – Esquisito é o Bush! Brancalhão que faliu a economia americana.

Esperto, o Fonseca imediatamente muda de assunto. Eu volto para o computador pensando: até o país mais poderoso do mundo tem a sua primeira vez...

A SETE PALMOS

De todos os simbolismos convocados pelo número 7 – esse algarismo ímpar e primo, divisível somente por 1 e por si mesmo e que, quando repartido, deixa (como seus irmãos de magia, o 3, o 9 e o 13) uma sobra, um resto que não pode ser alinhado nas fileiras paralelas promovidas pela bifurcação simétrica –, a associação com os palmos de terra é, de longe, a mais macabra, a mais triste e a menos desejada.

Não há quem desconheça esses sete palmos que medem a profundidade dos túmulos e o abismo desmesurado da morte.

Todos temos uma impressão marcante da tumba recém-aberta ou preparada, recheada de terra virgem ou alcatifada de cimento e umidade, esse buraco de sete palmos que irá servir de cama e casa para aqueles que nos precederam naquilo que é o único evento capaz de nos igualar de modo exato, preciso, conclusivo, irremediável e substantivo: a morte.

Esses sete palmos que dividem os mortos dos vivos são a ponte que nos segrega e une a uma margem desconhecida e, pior que isso, que é impossível de explorar. Essa cova circunspecta, porque bem demarcada pelos lados e pelos fundos, pela qual se entra no chamado outro mundo. Cova que, como dizia Thomas Mann, nos obriga a falar baixo e andar na ponta dos pés.

Vinicius de Moraes, numa de suas elaboradas letras para uma bela canção popular, aborda os sete palmos pelo seu lado mais aterrador, quando entoa. "Por cima uma laje/ Embaixo a escuridão/ É fogo, irmão!/ É fogo, irmão!" E por aí vai ele, convencendo pela lembrança desses sete palmos que fabricam o lado talvez mais aterrorizante e doloroso da morte, o de que temos um fim, daí a necessidade de fazer o bem e de colocar de quarentena não os prazeres do mundo, mas o dinheiro que engendra tanto mal.

Já meu tio Marcelino associava a morte com a vida, pois todas as vezes que ia ao enterro de algum amigo ou parente aproveitava para jogar no número da sepultura, certo de que existiria um liame entre o estado de pobreza representado pela terrível indiferença da morte e o profundo carinho e amor pelo morto por parte dos que o pranteavam. Isso ocorreria na forma de um palpite que poderia fazer aquela diferença no paradoxo de ser obrigado a abandonar o corpo no cemitério, retendo, porém, para sempre, a figura do amigo nos sete palmos amorosos do coração. O palpite fornecido pelo túmulo do morto seria a demonstração cabal de que tudo se relaciona mesmo com tudo, como manda o figurino das velhas e saudosas cosmologias – esses valores cujo centro estava na crença de que tudo tem mesmo sentido e de que nada acontece por mero acaso.

Por causa disso eu não posso deixar de lembrar que o 7 da expressão "a sete palmos" é o mesmo número 7 do jogo do bicho, cujo animal totêmico ou emblemático é o bom, o imaculado, o doce, o obediente e o puro carneiro. Esse cordeiro que no cristianismo fez a ponte entre a vida, a morte e a ressurreição. Do mesmo modo, eu não posso deixar de enxergar o outro lado da expressão, quando leio, nos sete palmos, a luta da humanidade pelo bem-estar dos pobres, pela busca de justiça, paz e generosidade na dura jornada da vida que segue palmo e palmo!

O fato concreto, porém, é que a expressão "a sete palmos" remete aos que se perderam, aos que se foram; ou, pior que isso, aos que estão naquele dormitório do qual ninguém acorda mais. Dormindo profundamente, como dizia Manuel Bandeira. Dormindo aquele sono insondável ao qual atribuímos os piores ou melhores sonhos do mundo, daí o seu tremendo mistério.

Mas os sete palmos falam também de vida quando nos invocam a mão que promove a separação entre os órgãos locomotores e de sustentação do corpo; a divisão irremediável entre palma da mão e planta do pé. Esses pés cuja função maior é nos sustentar na terra; e essas mãos cheias de dedos que servem para fabricar, inventar, contar, desenhar, tomar, acariciar, esculpir, escrever e medir tantas coisas maravilhosas. Mãos com um lado de fora e um lado de dentro sulcado de linhas, linhas que escrevem, como sabem as ciganas, nossas histórias e vidas. Mãos que, como palmas, são instrumentos de aplauso e, paradoxalmente, a medida mesma do maior sucesso de todas as vidas: esse momento final e culminante que nos torna absolutamente especiais porque fecham as nossas biografias.

Os sete palmos de terra, assim, remetem ao fim, mas em muitos casos reavivam, por meio dessas mesmas palmas, o triunfo sobre a morte na figura dos aplausos dados pelas mãos que homenageiam aquele que está debaixo dos sete palmos mas, pelas setecentas palmas que o aclamam, acima deste mundo. Teriam os sete palmos, sete lados? É possível. O fundamental nisso tudo, no entanto, é ressaltar a imensa alegria, a gloriosa satisfação, a doce ironia humana que é a capacidade de medir o local da morte, dando-lhe uma conformidade com a vida. Porque se os sete palmos pertencem ao limite, por serem exata e prescritivamente sete e não oito, quatro ou doze, eles reconciliam a incomensurabilidade da morte com a ordem mensurada e previsível da vida. Ser capaz de medir o lugar onde nos despedimos dos nossos mortos e nos confrontamos com a (in)finitude é uma forma humana e certamente irônica de ultrapassar, de domesticar e de dar sentido ao que escapa à nossa racionalidade mais patente e trivial. É o modo de dizer à morte que ela, para nós, tem exatamente sete palmos de profundidade!

O ser humano se ajusta sempre a um equilíbrio entre meios e fins. Quando se quer fazer uma viajem rápida, não vamos a cavalo, mas de automóvel. Não rezamos para derrubar árvores, mas para obter as graças dos deuses. Sabemos, por certo, por que um avião voa, descobrimos e acabamos conhecendo as causas de suas quedas, mas não podemos saber – eis-nos de volta ao mistério dos sete palmos – por que aquele avião caiu desgraçadamente levando nossos irmãos ou amigos. O rito exigentemente regrado e (co)medido da morte, os sete palmos que estabelecem a profundidade precisa e correta da sepultura não deixam dúvida. Desses sete palmos, três ficam para o lado de lá: para o mundo dos mortos; três para nós: para o lado do vivos; mas sobra nesse mágico sete uma medida. Um "resto" que nos permite descobrir o sentido da expressão. Pois o significado profundo do "a sete palmos" é a sua irônica ritualização, é esse embelezamento, essa prescrição estética que, ao ligar o enterro com as palmas e a indivisibilidade mágica do número sete, afirmam a nossa fugaz, mas sempre refulgente humanidade.

A VIDA IMITA A ARTE
OU VICE-VERSA AO CONTRÁRIO

Estamos começando a poder admirar e comemorar o nosso sucesso. Não vou falar da economia, elogiada até mesmo pelos sempre sóbrios e céticos ingleses e pelos mais aguerridos petistas que, até anteontem, vociferavam contra um vergonhoso capitalismo de mercado, responsável por "tudo isso que aí está", e falavam de uma "herança maldita" que, ao fim e ao cabo, é a marca registrada que permite ir além das lambanças mensalônicas. Tenho a impressão de que começamos a tecer uma rede de denominadores comuns positivos sobre o Brasil. Talvez isso seja o início do fim dos que ganham a vida dizendo que o país não presta; dos que sempre confundiram crítica com autoflagelação.

Há, pela primeira vez na história do Brasil, um selo de continuidade um pouco mais neutro ou positivo que, para meu alívio, substitui o clássico e estúpido "quanto pior melhor". Começa a existir uma perspectiva capaz de separar o joio do trigo, de modo que hoje concordamos que existem áreas dentro das quais devemos (por questões de eficiência administrativa), discordar; e esferas da vida nas quais estamos de acordo. Tal fato redefine a aversão política axiomática, típica dos radicalismos e ajuda a perceber que os sucessos comunitários (ou sociais) não podem ser reduzidos a um único e solitário evento, partido ou pessoa.

Uma dessas conquistas unânimes é a obra de Jorge Amado, em relançamento pela Companhia das Letras. Como todo grande criador, a obra de Amado "imita" a vida e, em consequência, a ela reincorpora episódios vividos, tirando-os da indiferença e do nada – esse zero cósmico feito de esquecimento.

Jorge Amado e seus colegas engajados na tarefa de transformar o cenário nacional ficcionalizaram um Brasil, e nós, seus leitores de primeira hora, reificamos essa ficção numa experiência brasileira. Cansei de descobrir mulheres com dois maridos depois que li *Dona Flor*; do mesmo modo que não me surpreendeu o arrebatamento da fantasia de um Vasco Moscoso de Aragão, o Capitão de Longo Curso, filhinho de papai rico que, como muitos de nós, conseguiu o título por pistolão e, tempos depois, quando foi posto à prova por um renitente rival realista, vê comprovada sua sabedoria de comandante, quando atraca seu navio em Belém com todas as mangueiras, cabos e cordas. O que parecia um desmascaramento de incompetência que (teoricamente) chegaria mais cedo ou mais tarde é mágica e carnavalescamente revertido, pois a generosidade da fantasia confirma o papel tão desejado de experiente marinheiro quando, naquela noite, uma tempestade feita de todos os ventos conhecidos assola a cidade de Belém, deixando apenas um navio intacto: o do falso (mas autêntico) comandante. Capitão de Longo Curso, que jamais cruzou mar algum mas que, como todos nós, piratas ancorados na ousada fantasia e ensandecido pendor revolucionário, navegou com suas velas enfunadas de neurose e imaginação, por todos os oceanos.

Impedido de prosseguir acreditando no sonho comunista pelos crimes do stalinismo, Jorge não abandona seu cavalo branco e, a partir de *Gabriela* e, sobretudo, de *Os velhos marinheiros*, lança o dragão da realidade, dando continuidade aos seus sonhos de pureza, justiça, equidade e amor entre as pessoas por meio de uma literatura fundada na carnavalização e no paradoxo. Essa segunda fase do seu trabalho, paralela à sua saída do partido comunista, elabora heróis de vida dupla, mais para Rabelais do que para Defoe, Dostoievski, Thomas Mann ou Kafka. Narrativas nas quais o agente da trama não é mais o sujeito (ou o partido) individualizado; mas a ponte, o istmo e o nevoeiro que ligam pedaços soltos; essas brechas que a "dura realidade da vida" grava em cada um de nós. Nessas histórias, portanto, o elemento dinâmico e agenciador não é um indivíduo, mas um ser duplo, repartido entre duas vidas, crenças, maridos e vocações.

Tal fato é tão flagrante que a obra de Jorge Amado é permeada de um anedotário no qual encontramos não só as pessoas inspiradoras das suas narrativas, como também aquelas que contribuíram para ressaltar este ou aquele traço fundamental de alguma obra, ou até mesmo fazê-lo terminar a história, como ocorre com a narrativa de Quincas Berro D'Água, esse gêmeo literário de Vasco Moscoso de Aragão, já que ambos estão às voltas com vários tipos de mortes e ressurreições.

Conta-se que foi dona Zélia quem o fez terminar a trama de Quincas para a revista *Senhor* e que foi – conforme li nas páginas do *Jornal do Brasil*, numa reportagem de Juliana Krapp – o jornalista Luiz Lobo, editor executivo da publicação, quem mudou o título original *As duas* mortes *de Quincas Berro D'Água*, para o definitivo e misterioso *A morte e a morte de Quincas Berro D'Água*, trazendo à luz da consciência essa dupla face da finitude humana.

A VIDA IMITA A ARTE
OU VICE-VERSA AO CONTRÁRIO (II)

Quando se faz um paralelo entre a morte e a morte de uma pessoa concreta e, acima de tudo, conhecida, como ocorre na história de Quincas Berro D'Água, coloca-se em relação direta a questão da finitude que todos aceitam teoricamente; e um complicado e aflitivo final concreto. É fácil admitir a finitude (todos os seres vivos nascem, crescem, reproduzem-se e morrem), mas é muito complicado aceitar que um conhecido chegou ao fim. Ninguém tem nada contra a morte, desde que não seja a sua ou dos seus entes queridos.

Na história de Quincas Berro D'Água, um narrador sem o controle total dos fatos vai gradativamente mostrando como um certo funcionário público de vida regrada e trivial, sujeito impiedosamente a muitas décadas de tirania conjugal, um tal de Joaquim Soares da Cunha, transformou-se no lendário Quincas Berro D'Água, pai de todas as prostitutas, maconheiros, malandros, pequenos meliantes quando, um dia, assumiu sua liberdade.

Joaquim era dominado pelas convenções, um tipo como o próprio Jorge Amado, controlado e fiel ao Partidão; mas Quincas Berro D'Água tornou-se alérgico à própria água e apropriou-se de seu destino com tal destemor que – reza a história repleta de meandros e pontos controversos – foi capaz de programar o próprio enterro, tendo múltiplas mortes. Porque, como sabem os que abraçam a literatura, "impossível, como dizem que ele teria dito ao falecer, não há".

De fato, ele morre pela primeira vez quando rompe com a casa; a segunda quando falece fisicamente no Pelourinho; a terceira quando a família lhe resgata o corpo e, com o atestado de óbito, legaliza oficialmente a sua morte como Joaquim Soares da

Cunha; a quarta quando os amigos o visitam no velório e nele vem um Quincas travestido de velho aposentado; a quinta quando – depois de ter sido devidamente ressuscitado pelo amor dos companheiros, e de ter tomado parte em muitas aventuras noturnas – desaparece no mar imenso e sem fronteiras da Bahia. E a sexta quando nós, leitores da sua vida, conseguimos, pela experiência estética, conjugar esses dois espíritos que pertenciam a um só corpo, quando admiramos sua coragem de romper com as convenções, e de abraçar a utopia de um mundo sem rotinas, responsabilidades, deveres e trabalho.

A oposição entre uma vida na casa (como Joaquim Soares da Cunha) e outra na rua, como a do legendário Quincas Berro D'Água, conduz a reflexão amadiana sobre as mortes que todos, em vida e, quem sabe, fora (e depois) dela, temos por vontade ou imposição. Pois quem não morreu para a paixão, a carreira, o concurso, ou o papel que lhe foi negado, mal interpretado, jamais lido ou, simplesmente, surripiado? Quem não teve dois ou mais nomes e descobriu-se múltiplo e feito de coisa pura e impura; incenso e podridão; ou, pior que isso, de muito mais do que simples dualidades? E quem não foi revelado como o exato oposto de si mesmo nos exames, nas discussões de bar, nos tribunais ou nos descuidos das meias furadas?

Afinal, pergunta Jorge Amado por meio de Quincas e de Vasco Moscoso do Aragão, qual é a morte mais importante, se – de fato – morremos tanto e, no fundo, não vivemos apenas para morrer, mas de morrer? Seria a morte social que nos transforma o nome, fazendo-nos Doutor, Professor, Deputado, Gisele, Pelé ou Lula, ou a morte física que nos leva para o confinamento absoluto? Mas quem é que foi levado somente para a cova e não teve uma segunda morte junto à sua comunidade? Ademais – pergunta o nobre narrador amadiano com aquela singeleza que os seus críticos uspianos confundem com mediocridade –, se tanto morremos, quantas vezes ressurgimos? E por meio de quem assim fazemos?

* * *

John Barrymore foi um superator. Morto, ao 60 anos, em 24 de maio de 1942, de pneumonia e cirrose hepática devido a abuso de álcool, ele foi um elo básico numa linhagem que hoje sobrevive numa neta, Drew Barrymore. Raoul Walsh (1887-1980) foi um diretor americano que fez tudo na história do cinema. Em 1915, foi ator no clássico de Griffith, *O nascimento de uma nação*; ajudou a fundar o sindicato dos diretores e dirigiu, entre muitos, o fabuloso *O ladrão de Bagdá*, e o clássico da guerra como pic-nic, *Um punhado de bravos*, estrelado por Errol Flynn, em 1945.

No dia em que Barrymore morreu, Flynn expressou seu sentimento de perda do amigo de copo. Walsh entrou em contato com um dos donos da funerária Malloy Brothers de Los Angeles e pediu emprestado o corpo do ator. Sua intenção era fazer uma surpresa ao bebedor e pegador de fama mundial que, em carnavais no Rio de Janeiro, comeu as mulheres de quase todos os seus grã-finíssimos anfitriões. Walsh levou o cadáver para a casa de Flynn, que ficou surpreso ao ver John Barrymore sentado numa cadeira, bebendo uísque e soda com Raoul Walsh. Passado o susto, o corpo foi devolvido à funerária e o seu dono e amigo, Malloy, ficou chateado porque se soubesse que o diretor estava levando o cadáver para uma roda de bebida elegante com um ator tão famoso, ele teria vestido melhor o morto.

Digam-me vocês que são sábios e não moram em Niterói: a vida imita a arte ou vice-versa ao contrário? E quem é o mais poderoso? O morto que o amor dos amigos e o poder da narrativa levanta do túmulo ou a morte que um dia nos irá conduzir à terra do esquecimento?

A CARTA DO FILHO MORTO

Querido papai,

Dois brutais acidentes aéreos me trazem deste lugar misterioso onde vivo. É incrível que, em apenas um ano após a minha morte, um falecimento súbito agenciado pelo assassinato da Varig, pela instituição de um duopólio e pelo descalabro aéreo que se seguiu, a aviação brasileira tenha chegado a tal descontrole. O colapso ultrapassou as piores previsões, mesmo para quem está na eternidade e vive na beatitude de um tempo sem relógio.

Uma existência sem rotina, exceto quando alguma alma chega ou parte para o céu, quando ouço o soluço de vossas saudades e orações, ou quando algo terrível ocorre neste vosso mundo de ambições e desejos.

Repito o lugar-comum da comunicação entre os mortos e os vivos: estou bem. Mas os primeiros tempos foram duros. Somos proibidos de olhar para vocês porque a saudade que os mortos têm dos vivos é insuportável. Só depois da conquista de um certo radicalismo espiritual, que nos cega e ensurdece tanto quanto o Lula gostaria de ficar, é que somos liberados para algum tipo de comunicação. A mais popular são os sonhos, a mais mentirosa é feita por pessoas, a mais satisfatória é a da imaginação, daí esta carta. Tudo o que aprendi concentra-se numa frase.

Papai, creia-me, só o amor vence a morte.

Entendo bem o seu sofrimento. Sei da saudade da Rita, da Serena, da Vitória e do Jerônimo. Lamento muito não ter podido me despedir naquele 27 de julho em que fui chamado e, com um suspiro, fiz a jornada para este mundo que vocês teimam em chamar de "outro" – esse espaço sem o qual a vida não teria plenitude.

Nem os sábios entendem esse "nada" que todos experimentam, mas não transmitem. Esse vazio que, para alguns, revela o absurdo de viver. Esse absurdo que estabelece as crenças e acentua ainda mais a intensidade destas coisas que chamamos amor e solidariedade – isso que eu aprendi com vocês e passei aos meus, na família que constituí e não posso mais acompanhar neste mundo sem alento e com raros oásis que, por isso mesmo, é vida. Agora vejo tudo com nitidez: fui levado pelo caos aéreo. Quando chegava dos meus voos, nos velhos e bons tempos da antiga Varig, eu dizia que a coisa estava feia. Lembra-se do dia em que falei que a morte da Varig era como ver a morte de uma pessoa? Pois é, papai, quem estava para morrer era eu e, junto comigo, todos os que abraçaram a profissão de "aviador" e não de mero "piloto" de empresas descuidadas daquilo que, por desilusão e conflito, me arrebatou de vocês: o orgulho e a confiança na companhia, que – mesmo nos piores momentos da crise – tinha cuidado com a segurança da tripulação, dos passageiros e do equipamento. Tanto que repassamos o nosso fundo de pensão para a Varig, mas este governo o sequestrou e até hoje a Rita e as crianças nada receberam.

Não era preciso virar espírito para saber que a má vontade do governo para com a Varig, que a recusa em ajudá-la, que o apelo mentirosamente neutro ao mercado como – aí sim – o grande agente regulador da vida brasileira, ia resultar em tragédia, colapso e paralisia. Impossível, sem a malha da Varig, justo a empresa que tinha mais experiência em voar no Brasil, sustentar e atender, como mostrou o vergonhoso "apagão aéreo", a imensa demanda por voos, aeroportos seguros, controladores, aviões e aviadores.

Pior, porém, que o apagão foi ver o sonambulismo gerencial do qual somente agora o governo parece estar despertando. Este governo que tudo sabia e prometia.

Outro dia encontrei um tal de Tony Fry. Um sujeito ligado a um escritor chamado James A. Michener que entende tudo de pistas de pouso, pois serviu na Marinha dos Estados Unidos no Pacífico Sul, na década de 1940. Intuindo minha suave perplexidade, pois não tenho mais angústia, ele comentava que nós, brasileiros, não sabemos tomar decisões ou dividir responsabilidade. Na Guerra do Pacífico – complementou –, os japoneses começaram vencendo, mas reagimos e, no final, construíamos uma pista de pouso em três semanas! Felizmente vocês nunca entraram numa guerra, pois se entrassem as informações mais secretas certamente vazariam. E até decidirem contra-atacar, a vitória seria do inimigo. Não fosse um querubim lembrar onde estávamos, eu teria quebrado a cara desse ianque abusado com uma harpa.

Papai, esses acidentes são resultados de um contexto. Eles comprovam que tudo o que é humano é político, mas que o político num mundo movido a lucro requer controle e eficiência. Ou seja, demanda uma política paradoxalmente voltada para a despolitização partidária e mesquinha. Só uma firme orientação política despolitizada pode deter a brutalidade das forças do mercado, colocando-o ao lado dos cidadãos-consumidores. Sem isso, vocês vão entrar na fase do assassinato estatal.

"Nenhum aviador", dizia nossa padroeira, Nossa Senhora de Loreto, outro dia, "pode comandar uma máquina tão complicadamente perfeita num ambiente de insinuações, acobertamento de falcatruas e sem um bendito *mea culpa*." O sistema só vai se recuperar quando ficar entendido que o político-partidário, como você me ensinou, não é tudo neste mundo maravilhoso que um dia também foi meu.

Um beijo na Rita, nas crianças, irmãos, sobrinhos, cunhados, tias e na mamãe.

Um abraço saudoso e preocupado do seu filho,

Comandante Rodrigo DaMatta

ENTRE PRESENTES

Entre presentes e entre os presentes, damos o nosso testemunho pessimista, desconfiado, positivo, sofrido, esperançoso e – mesmo quando mentimos, pois o tempo transforma mentiras em verdades – sincero do mundo e da vida. Entre os presentes dados e recebidos, concretizamos laços, relacionamentos, ligações, tramas e cumplicidades que durante o ano estavam ocultos pelas rotinas competitivas e apressadas de um trabalho que ainda é castigo exatamente por "não dar tempo!". A grande maioria trabalha para viver e tentar economizar.

No Natal, no entanto, uma ética de realeza, inaugurada com os Reis Magos, revela a grande estrela que conduz a um menino que veio nos salvar de nós mesmos. O panorama marcado pela reversão tudo diz: os Reis Magos visitam o menino nascido num estábulo; a aristocracia visível presenteia uma divindade escondida. Exatamente como fazemos quando, como pais, compramos o presente "muito caro" para os filhinhos amados; ou buscamos o melhor vinho para o amigo dileto. Entre os presentes dos magos estava o brilho do ouro, representando o mais puro poder material; a gratuidade aromática do incenso que, como tudo, se esfuma pela glória de quem amamos e tomamos como superior (ou "caro"); e o gosto amargo da mirra, que fala de nossa condição sofrida como seres dotados do poder de dar a vida e, no entanto, destinados à morte.

O Natal, que é também o fim de mais um ano, liga-se à nossa ânsia de inventariar pessoas, coisas e mundos. Típico dos rituais de passagem coletivos, o rito de calendário de que é feito o Natal celebra o tempo e, assim, nos situa entretempos. Ora, esse espaço inter e intratemporal leva ao empenho de descobrir erros, acertos, bons e maus momentos de um ano que, como uma página de livro, teria passado. Com isso, fazemos os triviais balanços de pessoas e fatos que o ano que passou teria partejado. Pois, para o nosso lado moderno e individualista, o tempo é como uma coisa ou norma: pode ser economizado, comprado, dado, assassinado e desperdiçado; ele também causa e produz fatos e coisas. Por isso, esse estilo de conceber a duração determina rotinas dizendo quando temos que acordar, dormir, tomar remédio, rezar, comer, ir para a escola, trabalhar e tudo o mais.

Mas se durante o ano somos esmagados pelo "estou com pressa", "tenho que ir ao dentista", "vamos acabar logo com isso", "seu prazo termina amanhã", "cumpri uma pena de 20 anos", "ficarei por mais de mil anos no Purgatório", "acho que vou perder o avião", "ganho o emprego em 30 dias" etc., agora o foco muda para o laço e para quem conosco aguenta todo esse corre-corre centrado em nossos seres como cidadãos, contribuintes, eleitores e trabalhadores...

Entre presentes, exprimimos o carinho que detém o tempo e engendra o gozo das minúcias. A meticulosidade dos rituais eróticos, marcados pelo "devagar se vai ao longe" e que exige a repetição vagarosa (logo consciente e ritualizada) dos carinhos, diz bem dessa manipulação benfazeja e necessária – antiga e poderosa – do presente como centro da história e como parte de uma etapa contraditória, pois um lado nosso quer que o tempo passe, mas um outro deseja que fique.

Presentes entre os presentes, damos e recebemos presentes que reacendem os dons do amor e da solidariedade. O livro, a flor, o vinho, o doce, o brinquedo, o frasco de perfume e o laço de fita, a camisola ou a calcinha acetinada, o sonhado computador que vai abrir o mundo, a almejada geladeira, televisão ou máquina fotográfica, todos têm como centro invisível a estrela dos Magos: ver a felicidade esculpir o rosto daquele que recebe a oferenda.

Entre os presentes, quem vale mais? O presente ou o rosto iluminado do presenteado ao abrir avidamente o pacote, rasgando às pressas o papel brilhante ou cortando metodicamente com tesoura o invólucro, para ver e tocar o dom contido na caixa-sacrário e exclamar, olhando nos nossos olhos, aquele maravilhoso "Obrigado... isso era o que eu mais queria", que nada tem a ver com a coisa, mas com o laço que ela estabelece.

Aprendemos com maior ou menor dramaticidade que as pessoas passam, mas os elos entre as pessoas ficam. Como é possível que eles permaneçam numa temporalidade humana perecível, móvel, sempre instável e em permanente construção? Afinal, seria possível pensar que são as pontes que inventam as margens e, até mesmo, os rios e os abismos?

Para os engenheiros, não. Mas para quem está entre os presentes, sim. Para os presentes, a morte mata, mas os mortos não morrem. Pois é esse impulso que reconhece a morte, mas não se contenta com ela, que nos traz presentes. No presente-presença dos netinhos pelo filho morto; dos irmãos pelos pais e tios que se foram; dos amigos por todos os irmãos de sofrimento que não podemos humanamente conhecer, mas que os nossos presentes alcançam quando promovem o impulso do reconhecimento do outro não apenas como um adversário, estranho ou inimigo, mas como um construtor de nossa humanidade. É por causa disso que nessa data estamos, caro leitor, entre tantos presentes.

Feliz Natal.

DEPOIS DE TUDO: EM TORNO DE HERANÇAS E LEGADOS

"Ele dividia os habitantes deste mundo em dois grupos: os que tinham amado e os que não tinham. Estes aparentemente formavam uma aristocracia horrível, porque quem não tinha a capacidade para amar (ou, antes, para sofrer no amor) poderia ser considerado como não-vivo e certamente não viveria novamente depois da morte."

Thornton Wilder, *A ponte de São Luís Rei*

Falamos com facilidade da "herança humana" e do maravilhoso "legado" das artes, das técnicas e das ciências. A temática evolucionista do Ocidente, que situa o mundo das coisas naturais e humanas numa gigantesca cadeia movida pela inevitabilidade do progresso, desperta positividade, produzindo um quadro geral de otimismo. Nele, estaríamos fadados a uma herança de aperfeiçoamento contínuo que, neste contexto, é o próprio fim ou alvo da evolução.

Tem sido somente nos últimos tempos, talvez na última década, que essa visão da "herança humana" em linha ascendente, dentro da crença inabalável de que ela estava (como o próprio capitalismo) destinada sempre a crescer ou evoluir, tem sofrido revisões e recebido doses crescentes de ceticismo. Estamos agora muito mais prevenidos e precavidos contra essa perspectiva ingenuamente progressista que não conhecia limites e imaginava que os recursos do planeta seriam herdados como foram recebidos e, sendo inesgotáveis, continuariam ampliando uma "herança" de progresso e legado tecnológico sem par na história da Humanidade.

Hoje temos mais consciência de que estamos produzindo uma herança mortal para o planeta. Heranças malditas, independentemente de sua claríssima aura populista, existem. Pois como não pensar no que recebemos, em contraste com o que iremos deixar, se a única certeza deste mundo é que tudo que tem um começo também tem um fim; e se sabemos que tudo passa por um ciclo inexorável que culmina na morte – esse o fato-testemuho fundamental para a própria ideia de vida?

O esgotamento do planeta, a atitude crítica em relação ao nosso modelo de exploração da natureza e uma nova consciência planetária permitem chegar ao cerne do tema – herança e legado – como as duas faces de uma mesma moeda. Como a cara e a coroa da condição humana.

De fato, é fácil falar de heranças biológicas, imersas num tempo cósmico sem emoção de bilhões e bilhões de anos. Coisa muito diversa, entretanto, ocorre nas escalas de tempo menores dos tempos sentidos e vividos. Esses tempos duros quando, aos 70 anos, verificamos que não temos mais um futuro medido pelo relógio. Por isso, seja no âmbito de uma empresa, no contexto do pequeno empreendimento e, sobretudo, na esfera pessoal, falar em herança e discutir legados implica dialogar com a finitude, com o limite e com a perda. Com a morte ou o fim, acionando os mecanismos angustiantes dos ciclos que eventualmente terminam, depois de terem passado por nascimento, infância, juventude, maturidade e velhice.

No plano social, toda herança aciona uma separação entre a pessoa e os papéis sociais que desempenha, entre um ser e o seu aparato genético, entre o sucesso e seu resultado. Uma vez, uma de minhas netas me perguntou, com aquela ingenuidade das crianças e com a distância que a relação com o avô faculta se, quando morresse, não lhe daria de presente a minha aliança de casamento. Do mesmo modo e pela mesma lógica das finitudes, um comitê-diretor ou um conselho de família podem acionar o sinal do fim, quando perguntam ao fundador e dono de uma grande empresa o que irá ocorrer quando ele decidir aposentar-se. O "aposentar-se" significando aqui a morte social ou empresarial do dono do negócio.

Grandes ou pequenos, legais ou clandestinos, globais ou locais, todos os empreendimentos humanos acabam passando por ciclos fatais; pontos de partida e de chegada dos legados e heranças que forçosamente obrigam distinguir o recebido do construído, o passado do presente, o coletivo do individual, o governo do Estado, a ideologia perfeita dos seus equívocos, o evento da estrutura, o papel da pessoa. O rei morreu, viva o rei, diz a velha fórmula, acentuando os dois corpos dos que ocupam cargos de monta e desempenham funções exemplares, consideradas como indispensáveis para o funcionamento do sistema social. A pessoa morre, mas o papel social que desempenhou permanece. No plano visível do poder, dos negócios, da ciência e das artes, quando o papel alcança, em virtude do excepcional desempenho do seu ocupante, um nível de virtuosismo, de generoso desempenho e de sucesso, essa dolorosa separação produz o legado (que, neste sentido, ultrapassa a herança), deixando ver algo além do vazio da morte. Ou melhor: permitindo que o grupo lide satisfatoriamente com a angústia da finitude que chega com o falecimento do corpo, mas que, nesses casos, garante a presença indiscutível da alma.

A pessoa morreu, mas fica sua música, sua pintura, seus livros, ou seu dinheiro. O duro, quando falamos de herança e legado, é quando não podemos distinguir um do outro dentro de uma vida que se foi. Pois todas as vidas, mesmo as mais humildes, sempre deixam uma herança, mas nem todas produzem essa "mais-valia" moral, essa reserva de alentos que divide as grandes histórias das biografias comuns. O legado grandioso, visível, gritante e concreto é a ponte para a eternidade. É a mediação que harmoniza a dura aceitação da morte de alguém, ao mesmo tempo em que a consagra como um grande artista, político, santo, cientista ou cidadão.

A herança é, em geral, aquilo que quem se foi deixa de qualquer modo e independentemente de sua vontade. Pois, mesmo quando não planeja ou deseja, trata-se de algum conjunto garantido pela hereditariedade e pelo direito sucessório. Penso que se pode estabelecer uma correlação entre os grandes mortos e suas vidas vividas como entregas incondicionais que produziram legados (e, com eles, ressurreições); e os pequenos mortos que, ao contrário, deixam muita herança e pouco legado. "Não deixam saudade" falamos coloquialmente, sendo a saudade sintomática do legado que permanece e continua, mesmo quando quem partiu pouco deixou.

Os fantasmas e as almas penadas perseguem heranças negadas ou mal divididas. Eles voltam – como ocorre neste nosso Brasil que somente agora começa a confiar mais em si mesmo –

para pedir rezas, missas, reparações e vinganças; e, com isso, indicar onde deixaram os tesouros que negaram aos seus descendentes. Essas posses que, caso não sejam descobertas e usadas, vão se perder no nada do esquecimento, negador do legado. A transformação do fantasma sem repouso em ancestral seguro e sereno, dono de um altar fixo, corresponde de perto à passagem da mera herança ao legado indiscutível. E, num nível mais profundo, à aceitação da morte (mesmo quando ela ocorre de modo trágico ou súbito), porque é o legado daquela pessoa que faz a ponte entre esse nosso mundo dos vivos e o outro mundo, dos mortos. Penso que é mais fácil aceitar a morte daqueles que se doaram sem reservas à vida do que a daqueles que se mantiveram fora dela, usando-a para seu próprio proveito e benefício.

Os primeiros transformam-se em ancestrais porque aplacam a nossa angústia do fim e reafirmam a velha, mas oculta sabedoria, segundo a qual uma vida vivida plenamente deixa pouco para a morte. Já os segundos, os que ficaram fora da vida e não amaram, retornam demandando rezas e desagravos. No fundo, essas pobres almas penadas apenas querem um pouco de saudade. Essa saudade que é o amor resignado pela aceitação de que, embora tudo esteja fadado a passar e a ser esquecido, os bons momentos sempre retornam, tão vivos e ardorosos quanto um caloroso aperto de mão ou um beijo apaixonado.

QUANDO O TEMPO PASSA

"The fundamental things apply
As time goes by..."
– Herman Hupfeld

A mulher velha cata as folhas que cobrem as pedras da entrada da casa. Para ela aquilo era um cuidado. Para o marido – que a amava moral e imoralmente há 50 anos – era mania de limpeza. Ele preferia o tapete de folhas mortas que lembrava a sepultura sem limpeza do filho perdido.

Limpar, como sabem as lavadeiras que leem a vida dos seus patrões na sujeira de seus lenços, camisas, calcinhas, fronhas e cuecas, é viver. Limpamos só para sujar de novo, o que dá a medida exata de como viver plenamente é ser consumido pelos extremos. Existimos todos entre o sujo e o limpo e entre a vida e a morte. Ricos ou pobres, santos ou pecadores, doentes ou sadios, cidadãos comuns (geralmente responsáveis) e poderosos (frequentemente irresponsáveis). Só os mortos estão limpos, embora sejam permanentemente sujos pelos vivos. Antes de virar esquecimento, a lembrança daqueles que perdemos é uma sufocante sujeira.

Toda hora tem folha caindo na entrada da casa e seria preciso cortar as árvores e suprimir o vento para detê-las. Mas a mulher velha ama o verde e o vento que, quando vem forte, arremessa as folhas no chão. O vento derruba as folhas e a mulher tira, uma a uma, as folhas caídas no chão. Eles estabelecem uma aliança. O vento existe só para que a mulher velha cate as folhas que ele derruba das árvores, para que o marido veja nisso uma mania enquanto ela diz que é uma antiga obrigação. Não tendo mais de quem cuidar, ela cuida da limpeza da casa velha, cujo dono é um marido velho que gosta de coisas velhas. O jovem vento, porém, que Deus sabe de onde vem, traz a novidade da sujeira que obriga a limpar. E limpar é pôr as coisas nos seus devidos lugares.

* * *

Um marido veio com uma mancha de batom no lenço que usava no bolso de trás da calça marrom. O vermelho ficou velho e imprimiu no lenço um sujo amarelo-escuro, amarronzado. O motel imaginado pela mulher tinha a cor escura dos velhos dinheiros gastos com coisas preciosas que se vendiam barato. A mulher não falou nada. Bateu os olhos experientes de sujeiras no lenço, colocou-o carinhosamente no tanque debaixo de uma água corrente e límpida e, com muito sabão e a energia dos epiléticos em surto, esfregou e esfregou o lenço, apagando a mancha. Enquanto limpava, ela remoía o ciúme e o abandono que poluíam o seu coração. Quando a sujeira saiu, ela pendurou o lenço na corda de secar e voltou para a sala. O marido tinha tomado banho, jantado e, de camiseta e bermuda, via, com cara limpa e um sorriso alvar, a televisão. Tudo estava novamente no seu devido lugar. Exceto a entrada da casa, cheia das folhas mortas que o vento derrubava.

* * *

"Envelhecer não é para mariquinhas!", disse-me num elegante restaurante de Manhattan, com voz firme e um olhar singularmente duro, minha saudosa e querida amiga Lita Osmundsen, na época diretora da Wenner-Gren Foundation for Anthropological Research, uma importante e próspera agência de pesquisas antropológicas. Eu participava de um infindável encontro sobre teatro e ritual promovido pelo ilustre diretor, Richard Schechner, e inspirado nas ideias de Victor Turner – um tema em voga naqueles dias. E o pior é que eu, o antropólogo enquanto jovem, me considerava o máximo no assunto.

Não prestei nenhuma atenção na frase que hoje – no momento em que "o passar do tempo faz com que as coisas fundamentais demandem atenção" na minha vida, como diz a velha canção – entendo ter sido uma admoestação no contexto de uma conversa sobre o futuro *também* como envelhecimento, uma coisa que, naquela época, simplesmente não estava nos meus planos. Hoje, acho que a sentença queria dizer mais ou menos o seguinte: "Olha aqui, seu idiota enfatuado por si mesmo, se você tiver a sorte de passar dos 65 – e saiba que muita gente nem chega lá, tirando as eventuais doenças (pedra no rim, catarata, hiperplasia de próstata, artrites, pressão alta, varizes etc.) e abstinências –, você vive uma vida sem futuro. É isso mesmo. Na velhice (ou na chamada 'terceira idade', que infelizmente também tem início, meio e fim!), você vai estar cada vez mais próximo da última vez que, com a primeira, formam o marco – como sugeriu Arnold Van Gennep – da reflexividade humana. A partir dos setenta anos, mesmo com ginástica e outros artifícios 'mudernos', é complicado olhar para frente. Se o farol vai até lá, ele quase sempre ilumina a implacável placa de 'rua sem saída!'. Começam também as suspeitas de que o mundo é um lugar desconhecido. Dá-se uma terrível invisibilidade. Você é apenas visto como professor e doutor. Quase sempre, mais encadernado do que seus livros, que ninguém leu. Há também a sensação de ter perdido alguma coisa. Você entra na loja e não acha o que procura. 'Eu queria ver aquele paletó com dois botões...' 'Isso, meu senhor, saiu de moda faz algum tempo', diz um vendedor jovem com um meio-sorriso cretino na cara. O mesmo que dei para minha amiga naquele jantar em Manhattan."

REZAR E CHORAR

"Ao morrer, reencontramos nossos mortos queridos. Eles nos acolhem em seu meio. Não nos vemos mergulhados no vazio do nada, mas na plenitude de uma vida verdadeiramente vivida. Adentraremos um sítio penetrado pelo amor, iluminado pela verdade."
– Karl Jaspers, *Introdução ao pensamento filosófico*

Nos últimos anos, a vivência da perda irremediável conduziu-me a uma descoberta fora do comum. Levou-me ao entendimento que chorar é uma forma de rezar. Choro, logo rezo; diria elegantemente um cartesiano. Rezo, logo choro; diria um estruturalista com gosto pelas esclarecedoras reversões que ajudam a descobrir dimensões ocultas e a relativizar verdades e crenças estabelecidas. Relaciono-me de modo contraditório com todos que fazem parte de minha vida direta e indiretamente; com todos aqueles que, de algum modo, alcancei por minhas ações ou reações (que círculo imenso, Deus meu!); e logo compreendo que a todos e a cada um eu devo alguma coisa, do mesmo modo que todos têm dívidas para comigo. No fundo, jaz soberano e, hoje em dia, um tanto envergonhado, o verbo amar, que se desdobra em lágrimas e em palavras de agradecimento, de graças, de saudação, de confiança, de dor e de reconhecimento pela vida consciente da sua gratuidade e dos seus limites.

O amor reconhecido nos faz ver que somos todos parte de uma pequena teia de elos sociais imperativos que, com o tempo, transforma-se num amplo oceano de laços opcionais. Por meio das marés do imponderável, esse mar de conexões opcionais transforma-se, por sua vez, em laços cruciais, do tipo: "Não vivo sem ela" (ou ele), inventando a matéria-prima apanhada pela palavra saudade. Essa palavra-categoria luso-brasileira que como nenhuma outra convoca, reconciliando choro e prece.

Dela, disse um Joaquim Nabuco relativizador e antropológico, sensível conhecedor das profundas diferenças entre sociedades e culturas, não o abolicionista e o político, para uma plateia americana no Colégio Vassar, em 1909:

Mas como traduzir um sentimento que em língua alguma, a não ser na nossa, se cristalizou numa única palavra? Consideramos e proclamamos esse vocábulo o mais lindo que existe em qualquer idioma, a pérola da linguagem humana. Ele exprime as lembranças tristes da vida, mas também suas esperanças imperecíveis. Os túmulos trazem-no gravado como inscrição: *saudade*. A mensagem dos amantes entre eles é *saudade*. *Saudade* é a mensagem dos ausentes à pátria e aos amigos. *Saudade*, como vedes, é a hera do coração, presa às suas ruínas e crescendo na própria solidão. Para traduzir-lhe o sentido, precisaríeis, em inglês, de quatro palavras: *remembrance, love, grief* e *longing*. Omitindo uma delas, não se traduziria o sentimento completo. No entanto, saudade não é senão uma nova forma, polida pelas lágrimas, da palavra *soledade*, solidão.

A marca deste estado no qual até os afagos e o carinho dos amigos do coração tornam-se inúteis é o choro como reza e a reza como choro. Pois em ambos está contida a experiência fundamental quando nos confrontamos com as situações fora de controle: com as negativas que nos roubam o pai, o filho, o cônjuge, o irmão e o amigo; ou com as moléstias que corroem as pessoas amadas. Reza e choro tentam responder àquele "por que" aconteceu justamente conosco. Um "por que" imperativo, desejoso de saber (para legitimar o que é percebido como mérito, pecado ou omissão) as razões do sofrimento; esse tema central na discussão dos sistemas religiosos realizada por Weber.

O choro-reza é tão verdadeiro para a criança que tem o chocolate negado pelos pais quanto para o adulto que passa pela dor irremediável da perda de pessoas próximas. No soluço que nos sacode o peito e nos faz gemer de dor pela nossa condição de miséria e finitude há o reconhecimento de que somos incompletos, perdidos, frágeis e fáceis de atingir porque tudo o que temos é relativo e passageiro.

Existe um sentido de humildade e reconhecimento na perda de controle revelada no choro e na oração. Em ambos há um render-se diante das frustrações do mundo ou da verdade muito mais perturbadora de que o mundo é mesmo um vale de lágrimas – um abismo arbitrário de frustrações e de perdas. Nas suas resplandecências, as lágrimas, como as rezas, deixam ver que, ao fim e ao cabo, jamais iremos ter o que queríamos; que os outros não nos amam como gostaríamos que nos amassem; que não merecíamos sofrer aquele (ou este) golpe da sorte ou da vida; e que nada segue como nos romances, óperas, filmes e peças teatrais. Que, enfim, nem tudo é tão trágico ou nobre, mas que – em compensação – nada é tão feio ou sórdido porque tudo passa e os sinos dobram saudando, como diz Thomas Mann, o espírito da narrativa, ou essas lágrimas que, no momento em que escrevo este texto, são derramadas pelo meu querido irmão Renato que morreu nesta última Sexta-feira Santa.

SABEMOS DEMAIS

Dedico esta meditação aos que baniram do seu mundo o "eu não sei" e o consequente reconhecimento da ignorância que faz o mundo avançar. Impressiona-me o fato de jamais ter ouvido de nenhum homem público um trivial e humano "isso eu não sei". Penso que os caras devem ser muito preparados, mas daí vem a perplexidade: se eles sabem tudo, se conhecem demais todos os problemas, por que então nada é resolvido?

Olhando a movimentação dos poderosos confirmados ou recém-inaugurados pelas urnas – esses que ontem sabiam tudo do mundo e de Brasil –, estou convencido de que um dos maiores paradoxos brasileiros é o saber demais. É ter um conhecimento quase imoral de todos os problemas e, não obstante toda essa sabedoria, não resolver p@##a nenhuma. Talvez esse "saber demais" seja uma maldição pós-moderna: o saber tudo nos leva a não fazer nada.

De onde vêm esse "saber demais"? Quais as suas marcas?

A primeira é a sua associação a uma visão de mundo avessa, alérgica e distanciada do resultado ou da prática. Antigamente chamava-se "bacharelesco" esse tipo de conhecimento que passava pelas lombadas dos livros e pelos nomes dos autores, deixando de lado suas aplicações, contextos, resultados e, sobretudo, limites. O floreado sendo mais básico do que o argumento e a critica. Suas implicações práticas jamais eram vistas, pois não seria – como ainda não é – de bom tom cobrar pragmatismo dos sábios, sobretudo quando eles acumulam sapiência com o poder de nomear, conceder ou exonerar, por exemplo.

A segunda característica desse "saber tudo" é a ideia de que a realidade pode ser conhecida à exaustão. Que os fatos da natureza e da vida social podem ser esgotados na sua lógica, dinâmica e essência. Que existem realmente teorias que respondem a todas as questões, dirimindo todas as dúvidas, porque as únicas questões possíveis são aquelas formuladas pelos sábios que conhecemos, lemos e admiramos. Pior que isso, que existem pessoas que "sabem tudo" e, por isso, são as mais adequadas para nos governar. Há uma correlação entre "saber demais" e elites pequenas, densas, hiperconscientes, ignorantes e sovinas. Em toda sociedade hierarquizada, o saber é mais um recurso na manutenção dos seus círculos de poder. Para "subir" é preciso saber o caminho das pedras. Deve-se conhecer as pessoas certas ou estar no partido adequado para ser reconhecido. Não é fácil entrar no clube dos afortunados que rompem o duro cerco do anonimato e chegam ao "nirvana social". O patamar dos que não pensam mais em usar nenhuma versão do "Você sabe com quem está falando?".

Sendo parte da casta das "unanimidades nacionais", esses brâmanes formam, como ocorre entre *Os bruzundangas*, de Lima Barreto, o círculo dos que "sabem tudo". Dos que tudo podem dizer e, melhor que isso, dos que nada precisam fazer ou prestar contas. Nesses sistemas, o brilho engloba a integridade.

O exato oposto acontece nos sistemas igualitários, nos quais cada segmento (ou, se quiserem, classe social) tem o seu saber. Tem sua visão de mundo que está, como as pessoas, em conflito e disputa com as outras. Cansei de ouvir, nos Estados Unidos e na velha Inglaterra, a expressão "O seu ponto contra o meu" significando a sua perspectiva, sua visão das coisas, seu conhecimento do problema.

Essas são as sociedades com professores e sábios, mas sem sabichões. Sistemas nos quais o conhecimento disso ou daquilo – do crescimento econômico, da segurança pública, da educação, da imprensa, dos livros etc. – passa por muitos, democrática e igualitariamente. Essas são as sociedades com muitos recomeços, experiências e revoluções. Aqui temos muitos pontos de vista, o que conduz a uma visão crítica dessa crença numa sabedoria essencial, típica de sistemas em que educação significa primordialmente pose, falar difícil e boas maneiras, não a ausência de ignorância.

Credos mínimos estruturam essas culturas. Por exemplo: o "First come, first serve" (quem primeiro chega, primeiro é atendido) é um dos princípios fundamentais do igualitarismo moderno que ainda não precisou de "regulamentação" por nenhum jurista de fala enrolada e de linguagem criptográfica, com o fito de limitá-lo às elites.

O problema das sociedades dos que sabem demais é a sua aversão às aplicações práticas; o famoso teste de comer o pudim que eventualmente limita das teorias. O resultado, estamos todos fartos de testemunhar, é que sabemos tudo o que deve ser feito, mas as soluções – despoluir a baía, acabar com uma polícia parada, lidar com menos preconceito contra o nosso racismo, desregular onde é preciso para regular firmemente onde é necessário e, mais que isso, aplicar, decidir, resolver, prender e punir – são teorias. E em política, a teoria pura é quase sempre desesperança e utopia.

Tudo se passa como se o nosso fado fosse o de saber tudo e não fazer nada; ao passo que onde não se sabe, experimenta-se, subordinando o saber ao teste, pois somente assim a teoria se transforma num meio de resolver questões.

Memórias da antropologia

ROBERTO CARDOSO DE OLIVEIRA

Nós, seus primeiros alunos, o chamávamos escondido de "RCO". Era um segredo de polichinelo porque ele sabia e gostava, já que a redução do nome às iniciais era uma forma de institucionalização; uma admissão precoce da perenidade que ele, naquela época jovem, tanto almejava.

Nas aulas e nos seminários, discutíamos com o "Roberto", que nas suas intervenções jamais dispensava a moldura filosoficamente inspirada, disciplina que o havia formado e com a qual teve uma ligação profunda até a sua morte nesta última sexta-feira, dia 21. Mas o tratamento sem formalismo e a saudável camaradagem brasileira não significava nenhuma ultrapassagem de sua autoridade de mentor intelectual que constituía o seu modo de ser. Aquilo era algo que fazia parte natural de sua vida, como as asas são parte de um passarinho.

Sendo eu também um "Roberto", mas aluno, logo descobri que o nome não era exclusivo. Contentei-me então em ser conhecido como "Matta", nome de guerra mais do que perfeito (ainda que exagerado!) porque, entre outras funções, não deixava dúvidas sobre quem era o "Roberto" naquele grupo.

Voltando pesaroso de suas exéquias em Brasília, vi a nota fúnebre que reiterava a melancólica realidade de sua morte aos 78 anos. Um sujeito sentado do outro lado do minúsculo corredor que nos espreme nos aviões, com um jornal farfalhante em punho, lia coincidentemente a mesma página, e percebi quando ele passou os olhos pela nota. Eis o sal da vida: para ele, um patético obituário, mas, para a história da antropologia brasileira, uma perda irreparável e, para seus familiares, ex-alunos, discípulos e amigos, uma catástrofe.

Uma reviravolta na nossa paisagem emocional feita de pessoas que são casas, porões, escadas, cercas, poços, camas, mesas e paisagens. Algumas nos cercam e limitam, outras nos acolhem e amparam; algumas são a nossa perdição, muitas o nosso alento e o nosso farol. Na paisagem de minha vida, Roberto Cardoso de Oliveira fica como um alicerce e um iluminado farol.

Desde que o conheci, quando tinha meus 20 anos, nele encontrei o professor-pesquisador que pretendia ser. Na primeira visita que fiz ao seu apartamento recheado de livros no Leme, vendo-o ao lado de sua esposa, Gilda, e dos filhos, descobri nele o futuro que haveria de também ter. Finda a visita, percebi que Roberto me havia dado mais do que conselhos profissionais e um par de ensaios com dedicatória – os primeiros que recebi, pois, naquele encontro, sabendo ou não, ele havia alicerçado minha vida.

Falo disso na tentativa de revelar o carisma de Roberto Cardoso de Oliveira. Esse sinal dos grandes mestres e dos corajosos criadores de instituições. Pois além de pescar pesquisadores, abrindo neles a chaga incurável da obrigação de escrever e de estudar, Roberto foi o intrépido criador de programas de antropologia no Museu Nacional, em Brasília e em Campinas. Foi um raríssimo exemplo de professor capaz de ensinar e de fundar instituições. Como ele dizia: era preciso tocar e carregar o piano... Exercício necessário neste Brasil que até hoje gosta de repetir com vilania que quem sabe faz e quem não sabe ensina!

No fundo – eis uma das revelações da morte – Roberto nos ensinava a trabalhar para as causas perdidas, as únicas que valem a pena lutar: o estudo desinteressado das sociedades tribais, o ensino honesto de teoria social, a luta infindável contra o obscurantismo e a ignorância, o amor pela vida acadêmica, apesar das condições pífias da vida universitária no Brasil. De sua boca – vejam que espanto! –, ouvi muitas vezes: "Eu estava estudando", dito com o candor do aprendiz para quem cada livro é um tesouro.

Não é meu intento revelar as contribuições de Roberto Cardoso de Oliveira, o nosso amado "RCO", para as ciências sociais e, nelas, para a antropologia social, termo que ele introduziu no Brasil sob o olhar patrulhador dos colegas mais antigos que, com razão, viam nisso a ameaça da inovação transformadora. Essas coisas chatas que nos obrigam a aprender e a enxergar o mundo de outro modo.

O que quero nestas linhas é tentar explicitar a personalidade marcada pela obsessão do estudo, da pesquisa e da escrita. É honrar o caráter vincado por uma invejável integridade moral que me fazia projetar nele uma figura mítica conhecida de minha mãe. Um militar que ela descrevia como magrinho, pequeno, aparentemente frágil – exatamente como era o nosso professor –, mas dotado de uma força moral capaz de enquadrar a mais selvagem desordem.

É por isso que o desaparecimento físico de Roberto Cardoso de Oliveira é uma catástrofe. Um rebuliço que obriga o exercício maior de ultrapassar o mero esquecimento. Porque no caso do Roberto, não basta esquecê-lo; é preciso desesquecê-lo. Para tanto, só existe um meio: canibalizá-lo. Colocá-lo dentro dos nossos corações para que a sua força moral e sua sede de saber sobrevivam e se multipliquem, ao lado do seu amor pela antropologia social e da sua imorredoura energia criativa.

MUITAS DÁDIVAS E UM RECONHECIMENTO: DAVID MAYBURY-LEWIS

Estava vendo Paris pela primeira vez e dentro de mim uma voz dizia que eu havia conseguido. Afinal, visitar a "cidade luz", como remarcava minha mãe tirando do piano uma canção de Charles Trenet, não era, naquele final de 1960, coisa para qualquer um. Mas eu estava lá e experimentava os cafés e as largas avenidas, lembrando-me mais do Rio do que de Cambridge, Massachusetts, de onde estava vindo e onde havia deixado minha família. Depois de ter debutado no Congresso de Americanistas em Munique, Alemanha, visitava Paris ao lado de meu professor da Harvard, David Maybury-Lewis, e de alguns colegas.

Fomos aos museus e encontramos Jean Pouillon, um amável colaborador de Lévi-Strauss, que estava no auge da fama e muito apropriadamente se encontrava fora da cidade. Não podíamos ver o papa, mas fomos bem recebidos por um cardeal do estruturalismo que, lembro-me bem, ficou assustado com nossa juventude.

Afligido pela mais positiva das saudades, conversei com David sobre como presentear Celeste. Era fácil comprar algo para as crianças, mas o que levar para a mulher amada depois de tantos dias de sentida ausência? David se abriu num sorriso tímido e balançando a cabeça para o lado, como costumava fazer quando recebia uma pergunta, disse no mais perfeito português, pois dominava invejavelmente pelo menos oito línguas, o seguinte: "Eu sempre compro uma camisola para Pia. É, reconheço, um presente interesseiro, mas agrada muito. Como diria um estruturalista, a camisola exprime a uma só vez saudade e desejo", concluiu de modo zombeteiro.

A partir daquela viagem, passei a comprar sempre camisolas para minha mulher. É um presente delicado, sensual, arrojado, sedutor e sugestivo. Quem experimentar não vai se arrepender.

* * *

Na minha última aula de pós-graduação do segundo semestre de 2007, não sei por quê, acabei contando essa história para o deleite das minhas alunas. Foi numa quinta-feira, dia 29 de novembro. No dia seguinte, pensando no professor que me havia dado o inesquecível conselho, telefonei para Cambridge. Falei com Pia e relatei-lhe o fato entre os sorrisos e as inesquecíveis lembranças de nossa velha amizade. David seguia doente e não podia falar comigo. Deixei o recado do nosso afeto.

* * *

No livro *O selvagem e o inocente* (Editora da Unicamp), David Maybury-Lewis fala de sua estada entre os índios Xerente e Xavante, entre 1955-56, num tempo em que o interior do Brasil era sertão, não zona de turismo, e os índios não falavam português. Um dos pontos fortes desse relato são as peripécias para se chegar aos índios. É preciso ter uma certa dose de selvageria para experimentar as inocências de meter-se nos espaços perigosos de um "nem aqui, nem lá", como diz pioneiramente Maybury-Lewis. Pois, em antropologia social, antes de iniciar o estudo, há que se conhecer as pessoas e, para isso, é preciso, primeiro, a elas chegar.

Num dado momento da expedição aos Xerente, as vicissitudes da viagem dividiram o casal. Pia chegou no posto indígena alguns dias depois de David. Quando se encontraram, ela passou horas falando de suas peripécias. Não era fácil para uma mulher afoitar-se no sertão do Brasil central naqueles dias. No casebre onde se encontraram, pouco tinham para comer, mas antes de finalmente se recolherem para dormir o encarregado do posto que os hospedava trouxe-lhes uma bacia com água morna e sugeriu que lavassem os pés, pois assim dormiriam melhor. "Isso é que é hospitalidade", comenta um David que não teve uma camisola para dar à sua amada, mas recebeu a dádiva da água que, limpando o pé do estranho, transforma-o num amigo.

* * *

Nas minhas duas viagens com minha família para Cambridge, em 1963 e 1967, fui – como tantos outros brasileiros – hóspede de David e Pia Maybury-Lewis. Sua casa estava sempre aberta aos que peregrinavam por Harvard e precisavam de um eventual santuário. Como esquecer essa dádiva de hospitalidade que deles recebi? Foi a bacia com a água quente que precisava para entrar na comunidade internacional de estudantes de sociedades que foi tão influenciada pela presença generosa da pessoa, do exemplo e, sobretudo, da sabedoria de David Maybury-Lewis.

Em 1968, David Maybury-Lewis e Roberto Cardoso de Oliveira fundaram, com um auxílio da Fundação Ford e em plena ditadura militar, o Programa de Pós-Graduação em Antropologia Social do Museu Nacional, no Rio de Janeiro.

* * *

Neste último dia 2 de dezembro, domingo, David Maybury-Lewis morreu aos 78 anos em sua casa na Bowdoin Street, em Cambridge, Massachusetts. A seu lado estava Pia, a companheira de expedições e de vida, e seus dois filhos.

Impossibilitado de devolver os inúmeros dons que dele recebi, transformo a memória do presente num presente da memória. Um fosso intransponível separa vivos e mortos. Entre nós e eles, porém, há todos esses dons e, dentro deles, o nosso mais profundo e comovido reconhecimento por tudo o que David fez por nossas vidas.

UMA RENÚNCIA DO MUNDO – OU ONDE ESTAVAS QUANDO TOMARAM O BRASIL?

Vestido do papel de etnólogo, de antropólogo social interessado no estudo comparado de outros costumes e valores, vivi, quase sempre sem disso me dar conta, a experiência de renúncia do meu próprio mundo. Em outras palavras, passei pela experiência do mais franco e absoluto estranhamento com uma outra cultura, mas, pra isso, tive que enfrentar a solidão de buscar a olho nu, propositadamente, outras línguas e rotinas, outros gestos e modos de pensar. Deste modo, fiz um tanto tontamente como fazem seriamente os profetas e ascetas: virei as costas para a minha própria família, segmento social, país e cultura.

Em 1961, aos 25 anos, passei os meses de agosto, setembro, outubro e novembro entre os índios Gaviões, na região do Tocantins, estado do Pará. Era meu primeiro trabalho profissional. Para chegar até eles fiz, com Roque Laraia, Julio Cezar Melatti e o falecido Marcos Rubinger, meus companheiros do Museu Nacional, uma jornada-odisseia do Rio até Goiânia de avião bimotor e, em seguida, entrei num outro aeroplano que, depois de pingar em Porto Nacional, Carolina, Tocantinópolis, Cristalândia e Pedro Afonso, chegava a Marabá.

Instalados na única pensão da cidade, cujas latrinas espantariam qualquer faquir, que dirá anacoreta, descobrimos que para estudar índios era preciso entrar numa espécie de funil socioespacial. À medida que as cidades iam diminuindo, íamos encolhendo até atracarmos em algum cais de aflição dentro de nós mesmos. Finalmente, entramos num barco para Itupiranga, de onde cruzamos as águas azuis do Tocantins, penetrando na floresta amazônica até encontrar os Gaviões em sua morada. Um excelente mateiro conduzia dois burros com nossa tralha, Melatti e eu, aprendizes de etnólogos, por trilhas escuras numa marcha de mais ou menos vinte horas (com direito à dormida em plena mata e mordida de enormes formigas). Chegamos num final de manhã numa clareira suja onde quatro barracos, cobertos de palha velha e seca, abrigavam algumas mulheres, pouquíssimas crianças e alguns homens adultos. Era a aldeia do Cocal dos índios Gaviões: um dos últimos falantes de língua Jê virgens de qualquer estudo etnológico.

Tanto em Marabá quando em Itupiranga, fui tratado à brasileira. Ou seja, entrei de modo automático no sistema hierárquico local de deferências, mesuras, desculpas e desconfianças que definem as dobras entre superiores e inferiores no Brasil. Em Marabá, conhecemos de imediato o prefeito e outras autoridades, o mesmo ocorrendo em Itupiranga, onde um anfitrião simpático, vamos chamá-lo de seu Antônio, gentilmente nos recebeu em sua casa, ofereceu seu endereço para correspondência e, quando estávamos isolados entre os índios, abriu sistematicamente todas as cartas que recebemos da família, da noiva e do nosso professor do Museu Nacional. Nos relacionávamos graças à hierarquia – afinal, éramos brancos, bem falantes, equipados com câmaras, gravadores e livros –, mas contra mim pesava a juventude, que, ao lado dos preconceitos locais, promovia desconfiança. Se os índios daquela época (como hoje) não valiam nada sendo selvagens e obstáculos à conquista da fronteira da castanha e do ouro (estávamos, reitero, em 1961!), demandando muita terra, algo que só quem podia clamar ilegalmente eram os "patrões" locais, como eles poderiam despertar interesse desses "doutores"? Se esses bárbaros nada tinham para ensinar, nós não poderíamos estar ali para estudá-los, mas, dizia a lógica preconceituosa do seu Antônio, para fazer prospecção de metais preciosos ou, quem sabe (e ele piscava o olho), de minerais radioativos. Para os locais, era uma espécie de insulto que o "governo" enviasse àquele fim de mundo estudiosos para os "índios", quando na realidade deveria enviar "funcionários" para ouvi-los. Foi por ter ficado entre a aceitação patronal e a desconfiança preconceituosa (como era possível que um jovem preparado pudesse sair do Rio de Janeiro para viver com os índios?) que o seu Antônio violou minha correspondência.

Em Marabá, fomos vistos como loucos e tratados como superiores; na aldeia do Cocal, éramos encarados com estranheza e curiosidade agressiva, que se materializavam por meio de incessantes pedidos de tudo que trazíamos conosco, inclusive o meu relógio de pulso e o meu cinto, numa clara demonstração da mais pura igualdade. Ali a regra básica era gastar, jamais economizar. Como esperar por dias gordos ou magros, se o sistema estava fundado na reciprocidade interna e externa, do grupo como um todo com a natureza? Qual o sentido de guardar se a vida transcorria dentro de um quadro da mais absoluta transparência, coisa que só fui compreender ao longo do tempo? Pressionado por essa filosofia, distribuí em poucas horas o que havia trazido para presentear ao longo dos meses. Só fiquei com meus parcos pertences pessoais e, pela primeira vez na minha vida, passei fome, doença, sede e saudade. Não era, mas estava como um renunciante do mundo.

RENUNCIANTE DO MUNDO
(OU ONDE ESTAVAS)

"Então você quer ser etnólogo?", disse um professor e político famoso, herói de todos nós, projetos de "antropólogos" – uma profissão que, em plenos anos 1960, ninguém sabia direito o que era. "Estou certo de que você vai colher um bom material", concluiu o mestre generoso.

O final da frase agarrou-se a meus ouvidos. Era fácil ser etnólogo: bastava "colher um bom material" – obter artefatos indígenas. Um dos nossos professores, para quem a sociologia era uma ciência para o povo, tinha uma invejável coleção de objetos folclóricos deste amado povo que ele renovava em sincronia com suas novas namoradas. Não seria difícil, pensava com meus botões, realizar o mesmo, trazendo das tribos antípodas seus objetos mais preciosos: o "bom material".

Mas logo descobri que o tal "bom material" era uma referência à tarefa sempre aproximada de pôr no papel um estilo de vida, o que obrigava a "viver com eles". Essa era a sentença existencial que equivalia a abrir mão da própria vida para tentar ser levado pela vida dos outros. Situar-se fora do seu eixo, promovendo um inevitável "Onde estavas?". Aprender uma outra vida equivalia a perder um pedaço da minha. Colher material era possível, mas a que preço?

Onde estavas quando o Brasil perdeu a Copa do Mundo de 1950? Quando fomos comer pizza na Gruta de Capri, depois de assistir à *Viridiana*? Quando descobrimos Gabriel García Marques? Quando – cagões –, como diz o Ziraldo, decidimos fazer oposição ao regime militar comprando, admirando, citando e tentando seguir as ideias do pessoal d'*O Pasquim* que eles, mais talentosos ou simplesmente mais engajados (uma coisa seria igual a outra?), criavam? Que eventos uma comunidade (e uma pessoa) não pode perder ou deixar de lado, sem correr o risco de ser classificada como engajado ou alienado? Quando Jânio renunciou, no dia 25 de agosto de 1961, eu estava entre os índios Gaviões, "colhendo material". Enquanto meus amigos viviam as incertezas políticas da "realidade brasileira", eu, precisamente naquele dia, resgatava, alienado da vida política do meu país, mas engajadíssimo na minha profissão, a história de antigas aldeias indígenas. Quando ocorreu o golpe militar de 31 de março *ou* de 1º de abril de 1964 (há dúvidas reveladoras de posicionamentos políticos sobre a data), eu estava na Universidade de Harvard. De lá, imaginei que havíamos começado nossa inevitável revolução castrista. Dias depois, soube que não era uma gloriosa revolução operária ou camponesa, mas um velho e batido golpe militar que meu "despolitizado" pai anunciava quando discutíamos política. Militares que, na minha cartilha subsociológica, não figuravam como atores políticos. Já na passeata dos 100 mil, ocorrida em 26 de junho do mágico ano de 1968, eu vagava entre as bibliotecas de Harvard, preparando-me para um exame de qualificação para o tal Ph.D. Estava (mas não fiquei) "fora do Brasil" dentre 1967 e 1970.

Ainda não sabia, mas, quando tomei a decisão de me "antropologizar", assumia um compromisso com o extramundano. Para ver bem a vida, dizem os sábios, é preciso ficar fora dela. Isso vale para a marginalidade bem (ou mal)-sucedida dos que decidiram apostar na arte como um meio de vida; dos que, no uso do mais puro poder, explodiram edifícios, sequestraram embaixadores, implodiram templos, queimaram livros, tentaram extinguir coletividades; ou dos que, por inebriante fé, beberam pus em solidariedade aos doentes e castraram-se para não pecar contra a castidade.

Quem assume a marginalidade como método não vai tão longe. Mas fica fora de sua cultura para ganhar (e perder) um conjunto de experiências. Fora da morte física, a experiência da renúncia absoluta é algo não só impossível, mas profundamente relativo. Se você assiste a um jogo de futebol, perde a novela. Alienar-se de alguma coisa implica participar de outra. Alcançar consciência total é algo tão perigoso quanto impossível. A menos que você seja um crédulo e tenha a mais absoluta certeza de como a vida deve ser ordenada. O mundo pode ser rigidamente organizado, mas é impossível fazer o mesmo com a vida. Em geral, esses juízos fundados no "alienou-se e no não tomou parte" são a marca das mini-inquisições ou meras racionalizações destinadas a redobrar a autoridade dos mais velhos. Sempre desconfiei do brasileiríssimo "Meninos, eu vi" porque também fui menino e, como tal, não vi muita coisa. Mas enquanto eu e o povo brasileiro assistíamos bestializados à, digamos, Proclamação da República e ao notável desenrolar do ano de 1889, tomávamos parte em peladas de futebol, víamos a mulher do vizinho mudar de roupa e, como povo bestializado, simplesmente inventávamos a umbanda, a música popular, a malandragem, o Carnaval e o jogo do bicho.

SOBRE EXAMES E CONCURSOS

Quando, em 1947, virginal e inocente, fiz o exame de admissão ao ginásio, imaginei que aquele seria o primeiro e último teste da minha vida. Lembro-me do nervosismo de mamãe e da apreensão muda de papai, sempre sentado numa silenciosa cadeira de balanço. Minhas mãos suadas testemunharam a insegurança diante de dona Olívia, uma professora alta e magra que administrou as provas e, dias depois, congratulou meu sorridente pai pelo sucesso do filho mais velho que "entrava no ginásio". Valia muito ser "ginasiano" naqueles tempos de pós-guerra, quando o Brasil era feito de uma esmagadora maioria que não sabia ler e escrever.

Ler, escrever e contar era a trinca de verbos que minha geração ouvia quando os mais velhos falavam de educação e "cabedal" – uma palavra pronunciada com respeito e reverência. Os colégios eram conhecidos pelos nomes de suas professoras-diretoras, cuja fama se ligava às exigências a que submetiam seus alunos, "puxados" para aprender. A escola de dona Olívia, embora modesta, pertencia a essa estirpe. Ali havia apenas o enorme e aterrador quadro-negro e, como complemento, a heroica professora que declarara guerra à ignorância. A despeito da heterogeneidade, não se falava em pobres e ricos ou em negros ou brancos, mas em adiantados ou atrasados, estudiosos e vadios (eis uma palavra sem uso num mundo que odeia o limite e paga seu preço por isso). Quando dona Olívia queria tirar alguém da "vadiagem", ela usava – para deleite dos pais e, entendo melhor agora, também dos filhos – uma imensa régua de alumínio. As reguadas não doíam muito fisicamente, mas feriam fundo os que tinham vergonha na cara. Por isso, envergonhavam mais o aluno do que a professora e, agora eu tenho certeza, porque também tento ser professor, pesavam mais na mestra do que no aluno. Canhoto, passei rapidinho a escrever com a direita, com medo de levar uma dessas famosas pancadas nos dedos da "mão sinistra". Dias depois do exame, papai me presenteou com uma caneta Parker. Naquele tempo, a caneta-tinteiro, o relógio de pulso, o sapato sem laço (estilo mocassim) e o terno azul-marinho eram itens básicos, senão estruturais, a marcar o trajeto de quem deixava a infância para a adolescência. O rito de passagem oficial, entretanto, era a entrada no ginásio. A primeira porta para o famoso diploma de "doutor" que tanto vale no Brasil.

Depois desse exame, submeti-me a muitos outros concursos. A maioria deles fazia parte dos testes regulares do curso ginasial e científico, nos quais eu sempre tinha notas insuficientes em latim, matemática, física e química, e ficava dependendo de um famigerado exame oral que tinha o mesmo gosto seco das apostas arriscadas.

Vivi essas mesmas emoções novamente quando prestei meu serviço militar e, no curso de oficiais da reserva do Exército, deparei-me novamente com minha velha incapacidade para os cálculos matemáticos e voltei a suar frio quando enfrentava as provas de topografia.

Só fui me tranquilizar quando fiz o vestibular para o curso de história e obtive boas notas em todas as disciplinas situadas do lado oposto das tais "ciências exatas". Daí em diante, fazer exames era um prazer e um desafio intelectual: estava sempre bem preparado e, muitas vezes, sabia mais do que alguns dos meus professores.

Um teste vital foi o exame para Curso de Teoria e Pesquisa em Antropologia Social do Museu Nacional, em 1960. Tratava-se de uma experiência pioneira e, seu inventor, o meu então professor, mentor e amigo saudoso, Roberto Cardoso de Oliveira, inaugurava um curso rigorosíssimo, no qual os alunos aprovados trabalhariam com bolsa e em tempo integral. Foi nessa ocasião que acasalei para sempre estudo e trabalho.

O mesmo sucedeu na Universidade de Harvard, quando fui submetido (e aprovado) aos exames orais com o fito de qualificação para o doutorado em "antropologia", num concurso repleto de folclore negativo onde se dizia que os melhores alunos sucumbiam a perguntas impossíveis, feitas por bancas cruéis e implacáveis. Depois de ter sido agraciado pela Universidade de Notre Dame com uma cátedra, ainda me dispus a fazer um outro concurso. Desta feita, para professor titular da Universidade Federal Fluminense. Apresentei memorial, tese e fui devidamente examinado e aprovado.

Na semana passada, revivi tudo isso ao fazer o concurso para professor titular da Pontifícia Universidade Católica do Rio de Janeiro. Passei no exame do memorial e me preparo para a chamada "aula magna", que vai finalizar esse rito de passagem. Registro essa trajetória com dois intuitos. O primeiro é agradecer, do fundo do coração, as boas palavras que recebi na PUC dos meus examinadores, administradores e colegas. O segundo é o de mostrar de que é feita a vida dos professores: dos que "não sabem e, por isso, ensinam". Os que sabem, como diz esse ofensivo e imbecil ditado brasileiro, ficam muito ricos e se consagram como políticos e empresários. Já os que ensinam estão – como prova o meu caso – sempre em curso e concurso, mesmo quando vão dar uma aula humilde.

NÁUFRAGOS

A gente fica velho e acaba se lembrando da forma e esquecendo do conteúdo (tem a memória do corpo, mas não da alma); ou do evento, mas não do dia e da hora. A união perfeita de forma e conteúdo talvez seja tão rara quanto os elos entre a verdade e a beleza de que nos fala com tanta eloquência e comoção Thomas Mann no seu famoso ensaio sobre Schopenhauer.

No século passado, menos pelos meus escritos sobre o Carnaval como um ritual e muito pelo apreço do brasilianista Richard Moneygrand, então no auge de seu imenso prestígio intelectual, participei de muitas conferências internacionais.

Certa vez, tomei parte numa reunião sobre "identidade nacional" realizada em North ou South Dakota (eu não me lembro mais), nos Estados Unidos. Retive, entretanto, a memória do hotel onde nós – pomposamente chamados de especialistas neste assunto, que é tão ou mais fugidio que a sombra de Peter Pan – fomos hospedados. Era um daqueles gigantescos e lúgubres prédios, igualzinho ao hotel do filme do Kubrick, *O iluminado*.

Isolados do mundo, discutíamos as diferenças e semelhanças entre as sociedades e culturas que faziam o mundo. As fontes que, com enorme esforço ou com a facilidade de quem toma um copo d'água, os seres humanos utilizavam para se perceberem como um povo em relação a outros povos.

O moderador era um simpático professor de Cornell (ou seria de Yale?) do qual eu me recordo da voz, mas não da cara. Ele e Moneygrand tentavam exorcizar a aura sepulcral do cenário, nos oferecendo um vasto conjunto de bebidas em happy hours que no decorrer do encontro iam ficando cada vez mais próximas umas das outras. Lembro-me do tamanho gigantesco dos copos, mas não sou capaz de rememorar o gosto das bebidas.

Recordo-me também das discussões apaixonadas entre os que viam a identidade como consequência de agregados de ações individuais e os que a viam como algo que penetrava os membros do grupo que só tinham consciência de quem eram porque a ele pertenciam.

Para o professor marginal vindo daquela região desconhecida, chamada *Bra'ziill*, onde se falava espanhol e cuja capital era Buenos Aires, a reunião patenteava a batalha das ideias. Pois como sabem os verdadeiros intelectuais (esses caras que passam décadas pensando num só assunto), teorizar é uma forma de paixão.

Foi, penso, nessa conferência que desmistifiquei o professor estrangeiro inteligentíssimo por escrito, mas uma besta quadrada em pessoa. Ali também percebi como as ideias destinadas a esclarecer engendravam escuridão, como as teorias gerais promoviam divisões e como as noções que partiam do desacordo criavam unanimidades.

Mas se nos debates assumia-se uma pesada identidade, no final do dia, cansados de teorizar e escudados por nossos enormes copos de uísque, vodca e rum, descralizavamos nossas posições, contando anedotas precisamente sobre o que nos reunia: povos, culturas, países.

Ouvi, então, as piadas étnicas mais incorretas de minha vida, tipo "os holandeses são tão chatos, mas tão chatos, que fazem com que os suíços pareçam brasileiros" (contada por um suíço); ou "um chicano não pode casar com uma negra porque os filhos seriam muito preguiçosos para roubar" (contada por um hispanoamericano).

Numa dessas bebedeiras, escutei uma das mais exatas anedotas sobre a índole brasileira. Narrativa que nestes tempos de indecisão, autocrítica, desfaçatez e desespero vale ser lembrada porque coloca o dedo na questão central da nossa modernidade.

* * *

Num bote à deriva, náufragos calculavam suas chances de sobrevivência, quando decidiram fazer uma aposta bizarra. "Você quer ver como eu faço com que todos se atirem no mar?", disse um deles, lançando um olhar de desafio ao companheiro. "Fechado", respondeu o amigo, "quero ver quem, nesta situação, vai trocar o barco pelo mar."

O proponente foi até o grupo e disse a um inglês: "As tradições da marinha inglesa demandam que você se atire no mar. É uma questão de honra e valor." O inglês ficou de pé, fez continência e imediatamente atirou-se no mar. Em seguida, ele falou para um russo: "Em nome da Revolução, você deve se sacrificar pela União Soviética." O comunista hesitou, mas ao cabo de alguns minutos, pulou do bote. Restavam três pessoas. A um americano curioso, ele foi direto: "Se você sair do bote, sua família recebe um seguro de dois milhões de dólares!" O americano murmurou um "Yeah" e atirou-se na água.

Triunfante, o apostador comentou: "Eu não disse que fazia com que pulassem no mar?" O amigo, estupefato, respondeu: "Sim, mas ainda faltam dois e olha, eles são brasileiros, não há como apelar." "Esses são fáceis", retrucou o apostador, dirigindo-se aos dois brasileiros que se consolavam mutuamente cantando "É doce morrer no mar". "Amigos", disse, "vocês sabiam que existe uma *Lei* que proíbe pular na água?" Mal o apostador havia terminado a frase, os dois brasileiros já estavam, rindo, em pleno mar.

II – SOCIEDADE BRASILEIRA

Velhos hábitos

A VIDA PELO AVESSO

O acidente que arrebatou a vida de cinco jovens na madrugada do dia 3 no Rio de Janeiro tem motivado uma importante discussão sobre o que chamamos de "violência no trânsito". Aqui, quero mostrar que esse tipo de violência é mais um caso trágico e lamentável de um procedimento rotineiro: o modo avesso que caracteriza entre nós o comportamento no chamado "mundo da rua".

Temos, no Brasil, dois estilos de vida distintos: o da casa e o da rua. O lado bom e "direito" do mundo ocorre com os parentes, empregados e amigos na casa (e em casa), quando os papéis são marcados pelas diferenças de sexo e idade e todos se movem dentro de redes de relações pessoais que englobam e contextualizam todas as regras. Cada família tem um "nome" a honrar e um mundo de símbolos – comidas, músicas, habilidades, tendências, jeitos, profissões, objetos – pelos quais vive e que a tornam original e exclusiva. A mais intensa alegria, o mais puro amor, o melhor e o mais nobre altruísmo governa essas relações, disfarçando o alto grau de autoridade do grupo sobre seus membros, papel que é sempre representado por seu chefe (e, sobretudo, "dona"), mas pode ser também desempenhado por uma outra pessoa.

Quem não quer o melhor, o mais rico e o mais belo para sua família? Para seus filhos e netos? Quem não morreria no lugar de um filho? Quem não distribuiria toda sua fortuna ou o que fez de valioso, para ver vivo um filho que em vez de estar dormindo na sua cama, no seu quarto, dorme o sono da eternidade num sepulcro, em meio a um desolado e impessoal cemitério onde – a despeito de jazigos e covas rasas – as regras valem para todos?

Eu sempre digo que a casa brasileira é o centro maior dos nossos bens, justificando tanto uma acendrada abnegação, quanto a mais torpe corrupção, pois no Brasil roubamos do país em nome da parentela, tiramos do "estado" e do "governo" para cimentar o patrimônio familiar, tudo sendo válido para engrossar aquele sangue e engordar aquela carne que é nossa.

Se tratássemos nossos contemporâneos na rua como tratamos nossos filhos e netos, em casa, o Brasil seria melhor do que todas as suíças, suécias e noruegas do planeta!

Mas, infelizmente, essa vida pelo lado do amor, da harmonia e da paz tem um avesso no mundo da rua, essa banda fatalmente pública e sem rosto que também faz parte da nossa existência, desde que deixamos as comunidades onde todos sabiam com quem estavam falando, e criamos os grandes centros urbanos que não podem mais ser tocados pelos rapapés cerimoniosos dos reconhecimentos familísticos, e se veem obrigados a operar de modo automático, por meio de sirenes, apitos, buzinas, sinais, guichês, filas e outros tantos procedimentos que tentam concretizar a norma da igualdade, mesmo num sistema que tende a rejeitá-la ou aceitá-la com relutância.

O drama nacional entre esse direito e avesso tem muitas faces que explorei como pude em minha obra (como no meu livro *A casa e a rua*), mas há nele uma dimensão que salta aos olhos. É o problema da competição e do individualismo que passa ao largo dessas casas e famílias feitas de carne, nome, honra, tradição e sangue. Como enfrentar a "luta" e a "guerra" demandadas pelo universo moderno e igualitário das cidades – essa "rua" dos assaltos, dos atropelamentos, dos descasos, do salve-se quem puder que nos transforma em inferiores e "ninguéns" – quando fomos criados e treinados a viver para a "casa", com a "mamãe" nos dando comida na boca e só servindo o jantar quando estivermos com fome? Como conciliar uma cidadania igualitária que na rua nos nivela e inferioriza, com uma superpessoalidade que, em casa, diz que somos especiais?

O que fazer quando descobrimos que na rua somos ilustres desconhecidos e que, nesse espaço que é de todos, a regra é o salve-se quem puder porque ainda não aprendemos a respeitar o que a todos pertence? Como realizar isso – sussurra-me o espírito de Gilberto Freyre – se fomos uma sociedade de senhores e escravos, o paradigma da vida digna sendo dado não na massa dos negros que eram animais e máquinas nas ruas, mas nos sobrados de onde saía o som de uma valsa de Chopin? Como abraçar uma prática da igualdade individual num sistema ordenado por desigualdades entre casas e famílias? Como disciplinar com humanidade pessoas de pensamento aristocrático, que se julgam especiais, pilotando essas máquinas poderosas chamadas automóveis, num espaço absolutamente igual para todos como é o caso das nossas ruas e avenidas?

Não seria essa pressa diabólica e agressiva na rua, a revelação inconsciente do quanto cada um de nós é importante em nossas casas? Não seria essa velocidade que mata e destrói, corroendo nossa liberdade, um aviso de que não sabemos competir porque projetamos nossas identidades da casa na rua e, com isso, perdemos de vista o padrão igualitário que é a norma na rua? O que acontece quando saímos do mundo pessoal e hierarquizado da casa e caímos no anonimato das ruas onde todos são iguais perante suas máquinas e sinais? Não é nessa ausência de percepção entre o gigantesco fosso que divide esses mundos que jaz a tragédia onde perdemos nossos filhos-motorizados porque jamais pensamos nos outros motoristas como filhos? Quando é que vamos transformar nossas cidades em casas?

DE NOVO, "VOCÊ SABE COM QUEM ESTÁ FALANDO?"

Quando, na década de 1970, estudei o sentido social e as implicações éticas do "Você sabe com quem está falando?" como um rito de revelação autoritário, fui criticado por idealizar a sociedade brasileira tradicional. De que valia essa análise, se o ritual do "Você sabe com quem está falando?", como a festa carnavalesca, a malandragem, o clientelismo, a renúncia do mundo e outros temas que apresentei originalmente no meu livro *Carnavais, malandros e heróis* (publicado em 1979), estava mudando e, no processo, entrando em franca obsolescência?

Seguros de que a transformação social passava apenas pela mudança do "Estado" que, com suas leis, verbas, decretos, recursos administrativos e capacidade de pensar e comandar o sistema, seria a principal alavanca transformadora, perguntavam-se como um ritual como esse poderia persistir quando todos fossem socialmente incluídos, quando a rigidez e a censura imposta pelo regime militar fosse liquidada, quando os governantes tivessem, enfim, compreendido o sentido profundo da liberdade como ponto central da democracia e do chamado "estado democrático de direito"?

Por outro lado, diziam, era preciso entender que o comportamento da sociedade brasileira não era mais organizado por "casas", "famílias" e "parentelas", com suas práticas regulares de pedido de emprego naquilo que os sociólogos conservadores, como era o meu caso, chamavam de "nepotismo", algo igualmente em desaparecimento. As "casas" desse Brasil em mudança galopante eram apartamentos; as famílias extensas com seus empregados e agregados haviam se transformado em grupos muito mais individualizados e solitários, embora tivessem suas babás e empregadas domésticas. O regime social desse Brasil familístico que era deduzido dos meus trabalhos havia sido transformado pelo movimento feminista, pela cultura do divórcio e por um individualismo a toda prova. Como conciliar um modelito "casa grande & senzala" com um Brasil democrático e "muderno" das "diretas já", da Nova República de Zé Sarney e ACM, das lutas sindicais, do PT e dos movimentos de "cidadania"?

O pensamento linear e emprenhado de evolucionismo vitoriano dos críticos não conseguia perceber que, se as coisas estavam em mudança – e o que, afinal de contas, não está mudando? –, era preciso ponderar o nível dessas transformações e, mais importante que isso, a sua direção e índole. Pois as novas formas e estilos sociais surgem num denso e quase sempre tenso (até mesmo mortal) diálogo com as práticas tradicionais.

Tome-se, por exemplo, o malandro que, no livro mencionado, eu havia incorporado a um modelo de comportamento subjacente e constitutivo da chamada realidade brasileira na figura de Pedro Malasartes, como um personagem com a mesma índole social de Leonardo Filho (do livro *Memórias de um sargento de milícias*, de Manuel Antônio de Almeida, revivido na inspiradora, mas ortodoxa, análise de Antonio Cândido) e de Macunaíma – o herói sem nenhum caráter e, por isso mesmo, com um baita caráter e seguidor das mais diversas feições, como temos visto triste e reiteradamente na cena política contemporânea.

Só um palerma do realismo poderia querer encontrar um malandro fardado de linho branco hoje na Lapa. Mas, como acentuei nas minhas análises, a *malandragem* como um valor e um modo de navegação social de uma sociedade convencida de que pode resolver seus dilemas por meios de desonestas firulas legais e duvidosos pareceres jurídicos, de um sistema que pensa lograr a honestidade eleitoral mudando a forma da urna, como fizeram as aranhas de Machado de Assis, não só permanece, mas – e o governo Lula não me deixa mentir – tem florescido. Ou seja: a malandragem, como a corrupção que ela açucaradamente atenua, não é coisa de "direita" ou parte de regimes autoritários a ser corrigida por uma simples eleição ou mudança de governo. Ela é, como poucos perceberam, uma postura constitutiva de um estilo de vida. O malandro não fica, como querem os uspianos, entre a ordem e a desordem. Tal estado social é comum não somente a eles, mas a toda legião de seres que vivem em sociedade. Não! Ele escolhe o fio da navalha e, tomando-o como um valor, decide não escolher. Por isso, todo malandro anda em elipse, como um trapezista ou um jogador de futebol brasileiro, como diz o meu amigo Wisnick, repetindo coisas de Affonso Romano de Sant'Anna. Por isso existem, como dizia Chico Buarque de Hollanda, antecipando, sem querer, esses nossos melancólicos tempos, "malandro com aparato de malandro oficial", "malandro candidato a malandro federal" e "malandro com contrato, com gravata e capital, que nunca se dá mal"!

Todos, conforme estamos fartos de saber, preocupados com a sorte do povo pobre do Brasil, complementando, com sua malandragem federal, os malandros triviais à direita, à esquerda e ao centro, em cima e também embaixo. Com ou sem nome de família, etnia, anel de grau, patente militar e, sobretudo, atestado de ideologia.

Sumiu a malandragem? Claro que não! Estamos, então, condenados a repeti-la até o fim dos tempos porque, como "cultura", ela faz parte do nosso "sangue"? Também não! Desde que se assuma uma postura crítica baseada em dois pontos. O primeiro incita a pensar valores e costumes com menos candura, suspendendo a certeza de que eles se esborracham (e não se reforçam) diante das leis destinadas a liquidá-los. O segundo obriga a tomar consciência de que o Estado não é feito de marcianos ou anjos, mas de pessoas como nós, formadas em diálogo com os mesmos valores que permeiam as nossas mentes. Os "juízes de fora", como sabiam nossos ancestrais, eram estrangeiros relativos.

VOCÊ TEM INVEJA?

A inveja é um sentimento básico no Brasil. Está para nascer um brasileiro sem inveja. A coisa é tão forte que falamos em "ter" – em vez de "sentir" – inveja". Outros seres humanos e povos *sentem* inveja (um sentimento entre tantos outros), mas nós somos por ela *possuídos*. Tomados pela conjunção perversa e humana de ódio e desgosto, promovidas justamente pelo sucesso alheio.

Nosso problema é o sujeito do lado, rico e famoso, que esbanja reformando a casa, comprando automóveis importados e dando "aquelas festas de tremendo mau gosto!". Ou é o sujeito brilhante que – estamos convencidos – "tira" (rouba, apaga, represa, impede) a nossa chance de fulgurar naquela região além do céu, pois, residindo no nirvana social dos poderosos (mesmo quando são cínicos e fracos), dos ricos (mesmo quando pobres e sofredores), dos belos (mesmo quando são feios), dos famosos (mesmo quando são fruto promocional da TV, das revistas e dos jornais) e dos elegantes (mesmo quando são cafonas), estaria acima de todas as circunstâncias.

Estou seguro de que não é o patriotismo, mas a inveja, o sentimento básico de nossa vida coletiva. Para começar a gostar do Brasil, tínhamos que invejar a França, a Inglaterra, a Rússia, a Alemanha, a Itália e os Estados Unidos. Era, sem dúvida, a inveja que nos fazia torcer pela queda do Brasil no tal abismo de onde ele sairia melhor do que todo mundo. Antes do sexo, o brasileiro tem inveja. Ela antecede a sensualidade e o erotismo, sendo básica na formação de nossa identidade pessoal. Você sabe quem é, leitor, pela inveja que sente todas as vezes que encontra o tal "alguém" que, pela relação invejosa, faz você se sentir um bosta: um "ninguém".

Como as nuvens em volta das montanhas, a inveja se adensa em torno de quem é visto como importante, de modo que ser invejado é equivalente a "ter poder", "charme", "prestígio" e "riqueza". Dizem que a inveja é perigosa, mas o fato concreto é que não há brasileiro que não goste de ser invejado por alguma coisa. Pelo salário, pelo poder, pela beleza, pelo sucesso, pela inteligência e até mesmo pelas sacanagens, injustiças, calúnias e descalabros que comete. Num seminário recente sobre "Ética e Corrupção", eu disse que é justamente a vontade de ser invejado que descobre os corruptos. Pois diferentemente dos ladrões de outros países que roubam e somem no mundo, os nossos são forçados pela "lei relacional da inveja" a retornar ao lugar natal para mostrar aos seus parentes, amigos e, acima de tudo, inimigos, como estão ricos, e então são denunciados, presos, soltos e finalmente colocados no panteão cada vez mais extenso dos canalhas nacionais. Dos infames que comprovam como a inveja e o desejo de ser invejado é o motor da vida brasileira.

Minha tese é a de que até a canalhice é invejada no Brasil. O brasilianista Richard Moneygrand escreveu no seu diário filosófico, *Voyage into Brazil*, que: "Para os brasileiros, um dia sem inveja é um dia sem luz. A inveja confirma a ideia nacional do sucesso para poucos, como antes confirmava o berço e o sangue para a aristocracia e a superioridade social para os funcionários públicos e senhores de engenho. Todos a condenam, mas ninguém pode passar sem ela."

A inveja, digo eu, é o sinal mais forte de um sistema fechado, onde a autonomia individual é fraca e todos vivem balizando-se mutuamente. O controle pela intriga, pelo boato, pela fofoca, pelo fuxico e mexerico é a prova desse incessante comparar de condutas cujo objetivo não é igualar, mas hierarquizar, distinguir, pôr em gradação. O horror à competição, ao bom-senso, à transparência e à mobilidade é o outro lado dessa cultura onde ter sucesso é uma ilegitimidade, um descalabro e um delito.

O êxito demarca, eis o problema, um escapar da rede que liga todos com todos. Essa indesejável individualização tem mais legitimidade quando parte de quem já está estabelecido. Daí ser imperdoável que Fulano – "aquela figurinha" – o faça, destacando-se pelo disco, pela novela, pelo livro ou pelo empreendimento desse mundo onde todos são pobres e miseráveis por definição e por culpa do "social". O pecado mortal nas sociedades relacionais é justamente essa individualização que separa o sujeito de uma rede hierárquica. Rede que nos persegue neste e no outro mundo. Como, então, não sentir inveja do sucesso alheio, se estamos convencidos de que o êxito é um ato de traição a um pertencer coletivo conformado e obediente? Como não sentir inveja se o exitoso é aquele que recusa ser o bom cabrito que não chama atenção e passa a ser o mais vistoso – esse símbolo de egoísmo e ambição? Ademais, como não ter inveja, se o sucesso é um sinal de pilhagem de um bem coletivo? Essa coletividade que, entra ano e sai ano, continua a ser percebida como mesquinha, subdesenvolvida, pobre e atrasada? Como um bolo pequeno que jamais cresce, destinado a ser comido somente pelos que estão sentados à mesa?

A CRÔNICA DA INVEJA
E A INVEJA DA CRÔNICA

Ao escrever sobre a inveja, essa companheira do ciúme, do despeito, do ódio e do horror (como diz Lupicínio Rodrigues em "Nervos de aço"), eu não tinha ideia da reação que iria provocar. Somente me dei conta do peso do assunto quando recebi de alguns leitores e amigos sugestões precisas de como escrever e que autores usar para discorrer sobre esse sentimento humano tão básico quanto complexo.

Como tudo o que se localiza na difícil arena do que nós, cristãos e cartesianos (que imaginamos ser, acima de tudo, sujeitos dotados de razão) chamamos de "sentimentos", a inveja abre um oceano de questões, a começar pela própria definição do que é isso que chamamos de sentimentos, por oposição aos nossos interesses explícitos, que seriam racionais e objetivos. O coração, dizia Pascal, tem razões que a razão desconhece. O mesmo ocorre com o corpo como uma usina de sentimentos egoístas e antissociais, como disseram muitos estudiosos. A alma seria motivada pela razão e sempre altruísta, mas, como compensação, quem tudo realiza para gozar ou sofrer é o corpo!

Por exemplo: um sujeito deseja intensamente uma mulher. Segue, então, da conquista ao motel, uma impecável linha de racionalidade: escreve bilhetes, envia flores, mente para a esposa, economiza dinheiro e enfeita-se. Mas, no motel, diante do objeto de suas fantasias, confronta-se com uma inesperada ausência de libido: tem – apesar do impulso fremente – uma brutal e incorrigível inibição sexual. O choque, para quem passou pela experiência, é dramático. Se tudo no mundo é determinado pelo desejo individual com sua diabólica clareza, se o sujeito, afinal, sentia a flama inquestionável do desejo e tinha a mais absoluta certeza dele; se durante meses moveu Seca e Meca e equacionou meios e fins para concretizar o encontro erótico, de onde vinha essa indesejada incapacidade impeditiva do pecado que tanto queria perpetrar? Para tornar ainda mais contundente essa questão, citemos o exato oposto. O caso do sujeito que sente uma atração irresistível pela pessoa errada: pela irmã ou cunhada. Mas sem nenhuma inibição realiza o desejo que se concretiza em incesto, promovendo culpa, expiação, tragédia e, talvez, reparação. De onde vem esse impulso proibido e indesejável que configura, a uma só vez, pecado, tabu e crime?

Se estamos conscientes de nossa condição social, se sabemos quem somos e se o mundo é mesmo tocado a interesses que chegam límpidos ao consciente, de onde vêm as emoções que não combinam com tais projetos de comportamento?

Se a sociedade teme a inveja e o ciúme, que seriam por definição destrutivos ou antissociais, como dizia, por exemplo, o eminente antropólogo George Foster, que escreveu um ensaio importante sobre o tema, por que eles surgem na consciência social de modo tão intenso e de forma tão exemplar?

Seria a inveja e os sentimentos em geral os motivadores das instituições sociais que serviriam para moldá-los e resolvê-los; ou seria o exato oposto: as instituições – leis, regras, proibições, mandamentos, rituais e prescrições em geral – é que engendrariam esses sentimentos indesejáveis que delas escapam como as faltas e os pênaltis nos jogos de futebol?

Muitos do que comentaram minha crônica supõem que a inveja é um sentimento inato e natural, pronto a ocorrer onde quer que existam seres humanos. Deste ponto de vista, o cronista que aborda a inveja como sendo dependente da sociedade não apenas incorria em erro, mas produzia uma matéria incompleta. Se eles, os leitores, escrevessem sobre tal assunto, o ponto de partida seria certamente diverso.

De fato, conheço pessoas que não cessam de me indicar temas e pessoas sobre os quais eu deveria escrever. Os mais impacientes chegam mesmo a dizer que eu deveria "meter o pau", insinuando que tenho sido leniente (ou covarde) com o momento em que vivemos. Outros, porém, me perguntam – como fez um ex-aluno, ex-revolucionário das festivas utopias hoje em crise, filhinho de papai e companheiro zeloso em acusar quem fica na coluna "do bem" ou "do mal" – por que eu escrevo coisas tão "reacionárias".

Falando de inveja, eu não poderia deixar de repensar essas memórias da crônica, ao vivo e em cores, dizendo primeiramente aos leitores que, como todo ser humano, o escritor não faz o que quer, mas o que pode. A diferença entre querer e poder inventa o abismo que permite aproximar ou tornar distante o que ocorre conosco e, por projeção, com os outros.

Pena que cada qual não possa ser simultaneamente leitor e cronista. Uma situação que, fica a sugestão, poderia ser corrigida pelos jornais que se dispusessem a selecionar e publicar as crônicas do jornalista e escritor latente (e, infelizmente, às vezes, desconhecido) que jaz dentro de cada um de nós. Aí o leitor veria como é fácil sugerir e falar de temas bons para "cronicar" e como é duro realizá-los em letra de forma, tirando-os daquela zona maravilhosa da possibilidade e do sentimento que faz da inveja algo concreto e altamente produtivo.

O MACACO CIDADÃO

Num gesto que provocaria a indignação de um crente na evolução linear dos seres e da sociedade, e como que a confirmar a nossa pós-modernidade, o advogado austríaco Eberhart Theuer pleiteia dotar de direitos políticos um chimpanzé que atende pelo nome de Hiasl. O macaco, que corre o risco de se tornar mais um malfadado cidadão humano, tem 26 anos e, segundo a notícia, gosta de massas, de pintar e adora ver TV, mas detesta café. Ou seja, pode ser tão infeliz como qualquer um de nós, porque é capaz de escolher – esse pilar da humanidade moderna.

Lida na internet, a nota remete à vasta experiência da antropologia social com sociedades nas quais os animais interagem com os humanos e, muitas vezes, são promotores de cultura e civilização. Quem, aliás, não se lembra das histórias do tempo em que os animais falavam ou do mundo de Walt Disney, um pioneiro, com o filme *Bambi*, da consciência ecológica?

O assassinato do planeta é, sem dúvida, o responsável por esse projeto de humanização concreta da natureza e de certos animais. Um gesto que os estudiosos do passado viam como a marca de primitivismo, aquele modo de pensar que confundia natureza e cultura, atribuindo uma pessoalidade enganada a montanhas, rios, árvores e animais. Era precisamente essa ausência de lógica discriminatória que revelava o selvagem: o primitivo que está, como falamos até hoje, na tal Idade da Pedra. Mil anos atrasado em relação a nós que, em compensação, vivemos a moralidade do proibido proibir, uma violência insuportável e uma vergonhosa desigualdade.

Na civilização, como sabem os franceses que inventaram o termo e o estilo, mas que só agora começam as descobrir que é preciso virar a página da Revolução Francesa, as coisas têm hora e turno. O civilizado distingue o nu do enroupado, a casa da rua, a pessoa do privilégio, a faca do garfo e a dama do cavalheiro.

Pena que essas marcas iniciais também se abriram para os radicalismos da "lógica da história" para, em seguida, invadir a ação política na qual os fins justificam os meios e terminar na escravidão, no racismo dos holocaustos e das segregações étnicas. Esse racismo que, amparado em dados científicos, pensava saber com certeza quem era selvagem e quem era civilizado. Distinguir talvez tenha sido a marca desse ato civilizatório fundador da ideia de racionalidade e de civilização. Essa sociabilidade que instituiu o ideal e arrogou o dever de civilizar todas as outras culturas, por ser a mais civilizada entre todas as humanidades do planeta.

Se a natureza da razão era distinguir, como misturar animais e homens, fosse afirmando que o fogo pertencia à onça, como afirmam muitas culturas? Cabe ao assassinato ecológico, entre outras coisas, o mérito de aproximar, como faz o mais bárbaro crime de morte, o algoz da vítima, e assim construir inusitadas pontes onde antigamente havia apenas as margens de um vasto e intransponível rio. Um rio cujas águas separavam a razão da superstição, o primitivo do civilizado, a animalidade da humanidade.

Num planeta, senão animado de vida, mas pelo menos despertado para a interdependência de todos os seus reinos, descobre-se que existe mesmo uma totalidade na qual tudo está numa extraordinária e complexa relação. É preciso apagar o colorido das fronteiras nacionais, o que torna plausível não só conceder direitos de escolha ao chimpanzé Hiasl, mas defender o bagre contra uma usina hidroelétrica que engendraria desenvolvimento ao país – numa verdadeira heresia ao desenvolvimentismo fácil e arcaico.

Na cultura que inventou o jogo do bicho, conforme estudamos, Elena Soárez e eu, no livro *Águias, burros e borboletas*, esse pleito cívico para um macaco faz pensar. Por que não dar plena cidadania ao jogo do bicho (e ao jogo em geral) se jogar é algo indissociável do capitalismo de mercado, adotado pelo mundo e pelo governo? Se os mais respeitáveis, os mais bem-sucedidos e os mais ricos são justamente os cidadãos que sabem jogar na bolsa? Se até o Vaticano tem um banco? Se o especular com a moeda é certamente um risco tão imprevisível quanto uma roleta, conforme os especialistas em finanças escrevem nos jornais e ensinam nos livros, nas cátedras universitárias e nos programas de televisão? Por que não liberar o macaco (e os outros bichos), dando-lhe plena cidadania? Essa preciosa cidadania democrática da liberdade consciente que, regida por certas normas e pagando os devidos impostos, transforma paixões em interesses e lavagem de dinheiro e corrupção em impostos?

Se em nome do povo se admite o controle da mídia, se em nome do desenvolvimento é valido ficar irritado com o bagre, se todos têm que ter responsabilidade fiscal, por que somente o governo pode ser o grande banqueiro do jogo no Brasil? Ou será que se acredita que apostar na Mega-Sena, nas loterias e nas raspadinhas não é jogar?

Quando é que o macaco será aceito aqui no Brasil?

P.S.: Faça uma fezinha no macaco, caro leitor.

EM TORNO DOS GATOS

Poucas imagens refletiram com mais poder e candura o vasto simbolismo dos gatos no Brasil do que o flagrante do roubo de água pelos donos de uma mansão num bairro nobre da zona sul do Rio de Janeiro. Na competição pelo "troféu gato" de uma semana fértil de eventos perturbadores, só o retrato do estupefato rabino preso em Miami, a declaração racista da ministra Matilde Ribeiro e a foto do astronauta Marcos Pontes, aterrado por mais um capítulo da infindável novela do apagão aéreo.

Em nossa sociedade, a palavra "roubo" fere os nossos nobres ouvidos e deve ser aplicada somente aos que se conformam aos tipos que, pela letra do nosso preconceito, têm "cara de ladrão" – normalmente, os pretos pobres; os indivíduos mal falantes e vestidos, mal apresentados e sem postura; os que, logo se vê, não tendo amigos importantes, têm "jeito de gente desclassificada".

É trivial, no Brasil, substituir as "más-palavras", as expressões mais precisas – mentira, desfaçatez, preguiça, ladroagem, mendacidade, estelionato eleitoral etc. – por termos como lorota, brincadeira, pizza, engano, falta de estudo, mensalão, esperteza e malandragem. Com isso, amaciamos e liquidamos as ofensas, transformando crimes em piadas ou em dramas sem maior importância, capazes de chocar somente a moralidade pequeno-burguesa. Se o roubo e a insinceridade sempre foram parte do governo, se as coisas só mudam quando mudar toda essa estrutura podre que aí está, então por que se preocupar com quem rouba algumas centenas de milhões, mas faz viadutos? Qual é o problema com quem deixa ao deus-dará a crise gravíssima dos transportes aéreos, faz declarações racistas ou rouba água ou gravatas?

É significativo que, no Brasil, gravíssimos delitos políticos ou desvios criminosos cometidos por altas autoridades, que deveriam ser as primeiras a primar pelo exemplo de circunspeção e honradez, sejam imediatamente transformadas em metáforas engraçadas, de modo que o delito vira uma "pizza", uma "malufada", um "mensalão", uma "alopração" ou um engano, o que faz com que vire motivo de riso e seja digerido como algo normal: parte e parcela do poder e das administrações públicas que, coitadinhas, são sempre bem-intencionadas e incapazes de praticar qualquer mal.

Com isso, os leões, os jacarés e os elefantes da desonestidade viram leves e fofos gatos da esperteza. "Gatos" que, como figura de linguagem para o roubo, provocam nada mais do que um riso cúmplice, sinal de que todos entendemos muito bem os motivos dos que apenas realizavam um ato de legítima e esperta defesa contra o "governo", o "Estado" ou qualquer coisa que represente esse lado mais formalizado do sistema.

Aos governos e gestores públicos dos quais somos responsáveis e que nada, mas nada mesmo – nem as solenes promessas de campanha, nem sequer um gesto ou palavra de satisfação – nos dão de volta, damos, em retorno, não batatas ou bananas, mas "gatos". Gatos na forma de delitos que têm a ver com a casa e são por ela englobados. De tal modo que dificilmente um brasileiro maior e vacinado consideraria criminoso "tarrar" luz, água, gás ou até mesmo leite, açúcar ou o sagrado pão nosso de cada dia.

Aliás, na teoria da corrupção nacional, o gato nada mais é do que um sintoma da pífia relação entre Estado e sociedade que, no Brasil, não são vistos como manifestações de uma mesma coletividade, mas como os lados insondáveis de uma mesma moeda. Moeda que tem como cara a efígie de um leão (que nos cobra cada vez mais de tudo) e, como coroa, a figura de um gato na forma de uma insuportável incompetência administrativa que, silenciando cruelmente diante de todos os desvios, demandas e necessidades sociais, transforma em inferno o cotidiano do cidadão comum.

"O gato é engendrado dialeticamente pela total indiferença de um administrador legitimamente eleito precisamente para gerenciar aquilo que nele desperta as mais sinceras desculpas pelo que deveria ter realizado.eis, numa cápsula, o Gato de Botas da crise brasileira", diz-me numa mensagem pomposa meu amigo e mentor Richard Moneygrand, comentando um rascunho desta croniqueta.

Como ser honesto e matar o gato se o exemplo cotidiano é o de uma alternância entre insinceridade e desonestidade do administrador público eleito para jamais errar, para não roubar e deixar roubar, para atacar os problemas e promover crescimento e devolver ao povo a sua autoestima, mas que faz tudo ao contrário?

Se a marca do Estado é a apropriação da renda dos que produzem para o enriquecimento dos que estão no poder e suas adjacências, como comprovam os sucessivos escândalos políticos nacionais, como cobrar e exigir a honestidade do cidadão comum?

O gato é, sem dúvida, uma elo na cadeia de impunidades que começa e termina em administrações públicas que gritam muito e fazem pouco; que exigem muito do cidadão e nada dão em troca. De um estilo de gestão que tem sempre vivido do gato, para o gato e pelo gato. Diante do gato fotografado, filmado e televisionado, vale lembrar a frase-síntese e definitiva de um grande gestor público: o gato é ilegal, e daí?

MANIFESTAÇÕES COLETIVAS

"Somos todos responsáveis!", diz uma ala da sociedade diante de uma criminalidade incontrolável que acentua o tamanho de uma vergonhosa miséria nacional. "Somos todos culpados!", diz uma outra ala diante dos descalabros da vida pública. As duas afirmações são manifestações do coletivo. Elas ultrapassam uma noção do mundo como feito de uma soma de indivíduos, e trazem de volta a presença do todo, do conjunto como uma dimensão fundamental da vida e da condição humana. Neste sentido, elas soam como trovões, lembrando ao nosso corriqueiro e pouco criticado individualismo o modo pelo qual a totalidade, sempre encarnada como a vontade Deus, surge em algumas religiões. Se somos livres para escolher, porque não liquidamos de vez com as desigualdades que desembocam na violência e no crime?

É preciso um certo ângulo para tornar relativo o credo de que o coletivo se reduz aos indivíduos que dele fazem parte. Alguns grandes teóricos da sociedade diziam, no final do século XIX, que o coletivo não pode ser reduzido às suas partes. A água é H2O, mas seria ridículo reduzir a experiência do seu frescor e da sua fluidez à presença de duas moléculas de hidrogênio e uma de oxigênio; moléculas, diga-se de passagem, que ninguém pode ver e sentir. Dito de outro modo, a sensação de fluidez e, acima de tudo, os símbolos que o estado líquido ajuda a construir e perceber em coletividades diversas não podem ser reduzidos à sua mera composição "natural" ou "química". Imagine reduzir lágrimas à mera combinação de hidrogênio com oxigênio.

Freud complicou as coisas quando introduziu a noção de inconsciente num ambiente intelectual marcado por teorias do comportamento baseadas na racionalidade individual. Se aumentar poder, riqueza, bem-estar e saúde seriam o foco da vida individual, como explicar as tendências de destruição que observamos em muitos comportamentos? Como explicar não só o desejo de drogar-se, como também o de roubar e mentir que faz parte do mundo tal como o conhecemos? É necessário não esquecer o outro lado. O fato de que todas as sociedades lidam permanentemente com a vida e com a morte; com o puro e com o impuro; com a saúde e com a doença; com a alegria e com a tristeza; com o certo e com o errado; com o individual e com o coletivo.

* * *

Minha mãe está no piano e toca, com admirável destreza e expressividade, uma série de músicas. Como era do seu feitio, ela simultaneamente derrama notas e palavras. Num dado momento, remarca que "Renato [seu marido e meu pai] gosta de músicas 'pesadas'", como alguns tangos de Discepolo e *O Despertar da montanha*, de Eduardo Souto. Mas, ao mencionar esse pendor para o melancólico, trata de aliviar o ambiente interpretando, desse mesmo Souto, o delicioso *Tat subiu no pau* para, em seguida, atacar com a marchinha de Lamartine Babo, *História do Brasil*. Depois de alguns acordes, ela se acompanha e, cantando, comenta "a maravilha" do verso central desta composição escrita em 1934:

"Quem foi que inventou o Brasil?
– Foi Seu Cabral! Foi Seu Cabral!
No dia 21 de abril...
Dois meses, depois do carnaval!"

Fantástica essa assertiva sociológica musicada de Lamartine Babo que, como remarquei num ensaio sobre o Carnaval, situa a festa de Momo como o marco para um Brasil não descoberto, mas inventado. Um duplo deslocamento revelador dessa manifestação coletiva que nos obriga a ler o Brasil de trás para frente, do todo para a parte.

Terminado o recital diário, cujo testemunho era o mutismo amoroso de papai, ela sorria, remarcando, a seu modo, a alegria, a energia e a beleza liberadas por essas músicas que ajudam a viver.

Essa experiência levou-me à pergunta: mas quem, afinal de contas, interpreta quem? Era mamãe que interpretava Souto, Discepolo e Babo ou eram eles que interpretavam aqueles que davam vida às suas partituras?

Quem interpreta ou se sente na obrigação de "fazer alguma coisa", diante de alguma situação coletivamente definida? Somos todos culpados ou é a sociedade que, vista por um certo ângulo e diferindo de nós, nos devolve em forma de dejeto o que não queremos enxergar?

Quem não entende o que digo vá correndo assistir ao espetáculo *Sassaricando*, escrito por Rosa Maria Araújo e Sérgio Cabral. Nele, você viverá o poder mágico do coletivo encarnado nas 87 marchinhas carnavalescas trazidas à vida por um grupo afinadíssimo de intérpretes. Desde o acorde inicial da primeira marcha carnavalesca, a plateia canta, revelando o milagre da memória automática que retoma a questão: quem está cantando quem? São as marchinhas que nos cantam ou é o justo oposto?

Quando terminei a leitura do maravilhoso livro do José Murilo de Carvalho sobre Dom Pedro II, não pude deixar de novamente interrogar. Quem, afinal, foi mais brasileiro e expressou mais o Brasil? O imperador órfão, treinado para ser um indivíduo capaz de "moderar" as paixões políticas coletivas que o cercavam ou o estilo brasileiro de politicar que, de tanto ser moderado por um indivíduo sem amigos, acabou por destruí-lo?

O LUGAR DA POLÍCIA

Desde pequeno – devo dizer que fui menino no Brasil das primeiras quatro décadas do século passado –, sempre fiquei intrigado com o lugar da polícia. Com o seu espaço em relação às outras instituições da sociedade, como a escola, o hospital, a igreja etc... Na minha memória, a polícia figura como uma instituição marginal. Prova isso a expressão "caso de polícia" que, ao lado de sua irmã gêmea, "chamar (ou "dar parte") a polícia", exprimia a fronteira da tolerância social e o limite da convivência do que, àquela época, o Brasil tomava como decente ou correto.

Num sentido preciso, a polícia e os policiais eram figuras acidentais na vida de nossa família composta de pais, tios, filhos e avós que, na ampla varanda da rua Nilo Peçanha, em Niterói, discutiam com veemência e bagagem cultural baiana e amazonense os problemas nacionais. Foi ali que ouvi de um tio iconoclasta que, para horror da família, definia-se como comunista, que a palavra "democracia" significava de fato: "governo do demônio". Foi minha primeira aula de ciência política. No entanto, substitua-se democracia por capitalismo e teremos a ideologia da intelectualidade brasileira.

Mas voltando ao lugar da polícia (algo bem diferente da polícia como aparato e, mais ainda, de sua história), noto como era afrontoso ameaçar com a polícia a um vizinho que dava uma festa ou a um casal de relacionamento conflituoso. É claro que, naqueles velhos tempos, a polícia tinha o papel de fiscalizar e, eventualmente, inibir com uso da força quem ultrapassava os limites da chamada "ordem pública", uma ordem que – tanto ontem quanto hoje – jamais foi discutida em profundidade, e que se fundava em aparências. Na casa caiada, na ostentação dos gastos de donos sem dinheiro, na moralidade do "roupa suja se lava em casa". Pois no nosso bairro, o "barulho", a briga ou a discussão que incomodavam e promoviam o imperativo de "chamar a polícia" não era o que fazíamos na nossa varanda, ou acontecia na casa das pessoas ricas "que se lavavam", eram "educadas", do nosso bairro, mas dos socialmente subordinados ou inferiorizados: empregados domésticos, pequenos funcionários públicos, desconhecidos e negros, moradores do morro situado nos fundos e no alto na rua, mas também das mulheres desquitadas com um estilo de vida independente de homens: de um "macho", do pai ou de irmãos. Daí, a minha surpresa quando meu saudoso tio Silvio, ao ver passar uma dessas moças lindíssimas que residia na vila, exclama olhando para o seu glorioso bumbum (que chamávamos de "lorto"): "Isso é um caso de polícia!"

Do lado mais dramático, ocorriam episódios onde seria óbvio chamar a polícia, mas ela era ignorada. Lembro-me de um espancamento por suspeita de furto e conduta sexual inapropriada de um rapazinho que era um "criado-empregado" por um "chefe da família", última instância dentro desse sistema freyrianamente patriarcal. Falava-se que o jovem fora flagrado iniciando sexualmente um dos meninos da família, justificativa mais do que suficiente (ou legítima – mas quando o suficiente se transforma em legítimo?) para a reprimenda drástica dentro da casa (e não numa chefatura de polícia) por parte do responsável por suas fronteiras. Um castigo, acrescento, que simplesmente repetia – como ocorre até hoje – o uso da força física por meio das palmatórias, açoitamento com cinturão, cassetete ou porrete, porque era pelo corpo devidamente assolado pela violência – a brutalidade sem mediação que chega com tempo, lugar, aparelho e pessoa marcada – que se aprendia para sempre as normas básicas de decência. Isto é, o "seu lugar" dentro do sistema: a sua posição em relação aos que nos fazem, educam, amam e, acima de tudo, dizem quem somos.

Nestes casos, a hierarquia inscrita no coração das pessoas não demandava chamar a polícia. Mas esta era invariavelmente convocada quando se tratava de um conflito entre os indivíduos marginais ao sistema hierárquico. Para esses indivíduos sem patrão, compadre, amigos importantes, "eira ou beira". Pois para quem gozava de uma duvidosa igualdade, submetido que estava à lei geral, a arbitragem policial era a regra.

O medo da "gente", no duplo sentido brasileiro de ser reconhecido como parte de uma família e rede de relações distintivas – que nos tornava "pessoas" (prisioneiras) de cadeias sempre relativas de prestígio, influência e poder efetivo –, era ter esse confronto com agentes da lei que, ao menos em teoria (mas dificilmente na prática), iriam nos tratar de modo afrontoso, dentro de um estilo impessoal e igualitário.

Resultado: era vergonhoso chamar a polícia tanto quanto era estranho conviver com ela. Como situá-la como parte de nossas vidas se o seu lugar era marginal a tudo o que fazíamos? Se "sabíamos" que quem era importante ou "pessoa de bem" jamais teria com ela qualquer relação? Como deixá-la entrar em nossas casas? Essas casas que, quando eram casas-grandes com senzalas repletas de escravos, tinham cada qual seus policiais?

ONDE ESTÁ A POLÍCIA

Perguntou o menino americano de 12 anos, Simon, amigo do meu neto Edu, depois de alguns dias em Campos dos Goitacazes, estado do Rio de Janeiro. Para seus surpresos anfitriões, talvez Simon estivesse enganado, pois para eles a polícia certamente existia. Polícia que – graças a Deus! – ficava nas delegacias e quartéis onde esperava algum chamado. Mas, para o menino americano que ainda não sabia como ver o Brasil, aqueles cacarecos não eram radiopatrulhas, aquele sujeitos mal encarados, com aquelas fardas sujas, não eram policiais. Lá em Saint Louis, Missouri, de onde vinha, os policiais estavam em toda parte, sobretudo na escola.

Na semana passada eu comentava que, no Brasil, um sistema hierarquizado foi um obstáculo para a criação de uma organização policial democrática, válida para todos e, em virtude desse viés, destinada a agir do mesmo modo em todas as situações. Mas como criar esse tipo de polícia numa sociedade com uma elite que possuía escravos e os punia dentro de suas casas, usando os métodos que julgava mais apropriados? Como, num sistema cujo ideal de vida era não trabalhar com escravos ou nãopessoas que, pior do que máquinas e animais, deveriam trabalhar o tempo todo, atuaria uma instituição cujo alvo fosse investigar rompimentos legais independentemente da posição social? É óbvio que o ilegal dos patrões não era o mesmo dos escravos e do resto da sociedade. Eles podiam dizer "E daí?"; os outros eram presos e açoitados. Como pensar num aparato policial igualitário se a sociedade era carimbada pela desigualdade e ficava muito mais chocada com a desobediência de um criado do que com a desonestidade ou a imoralidade de um barão ou ministro? Reitero que uma das cicatrizes desse sistema é a distinção bem estabelecida, e até hoje corrente, entre "chamar a polícia" e o seu contrário: "ser pego pela polícia". Chamar a polícia é uma opção; ser pego e levado pela polícia é um pesadelo. Como toda instituição que corrige, castiga e coíbe, existem muitas analogias entre a polícia, a medicina ou a educação. Um louco não vai por livre e espontânea vontade a um hospital psiquiátrico; do mesmo modo que um semianalfabeto (rico ou pobre, poderoso ou simples cidadão) também não vai tomar aulas de gramática portuguesa. No Brasil, ainda vivemos a fase do "Eu acho que está na hora de chamar um médico" diante do parente ou amigo com pressão arterial a 19 por 20; do mesmo modo que reclamamos de professores que tentam impor limites a uma garotada que só falta beber, cheirar e fumar um baseado em sala de aula, porque já fazem isso nos banheiros e pátios escolares.

A questão é que sempre queremos polícia, médico e educação para todo mundo, menos para nós. Como naquela famosa música, nós bebemos, mas são eles que ficam tontos. Pela mesma regra, nós sabemos dirigir e, por isso, podemos correr certos riscos que os motoristas comuns, meros barbeiros, não podem. Para nós, a dúvida ou o jeitinho; para eles, a polícia e o treinamento punitivo.

No nosso Brasil utópico, não deveria existir nem polícia, médico ou professor. Nesse mundo ideal, não cabe nenhuma instituição que lembre a recorrente e humana desobediência à lei; a mais do que normal presença da doença como algo intrinsecamente ligado à saúde; e o estado de ignorância que é parte de todo ser humano, pois só no Brasil se acredita que existem mesmo sujeitos e sujeitas que sabem tudo! Nosso viés aristocrático que – graças aos duzentos anos da chamada "vinda de Dom João VI" – hoje retorna na forma domesticada e ingênua, na figura de um "era no tempo do rei", na memória carnavalesca de um benévolo rei comedor de frangos e na lembrança da pompa e circunstância que emolduravam a vida dos nobres tem a função de neutralizar a consciência crítica de termos sido uma sociedade não somente escravocrata, mas hierárquica – um sistema absolutamente fundado na desigualdade como estilo de vida: como jeito de ordenar e viver o mundo.

Neste mundo, o pior que poderia acontecer com qualquer um de nós era ver surgir o chefe de polícia, o aparentemente inflexível major Vidigal, como acontece no romance de Manuel Antonio de Almeida, *Memórias de um sargento de milícias*, ou ser preso por ele, o que ocorre com o herói do romance. Pois do mesmo modo que temos os que mandam e os que obedecem, há também uma polícia que é chamada e uma outra que prende. A que atende ao chamado fica sempre do lado de quem chama; agora, quando você é pego ou chamado à polícia, tudo muda. A primeira coisa que lhe acode é um telefone. Não o aparelho para chamar o seu advogado, mas uma boa porrada no pé do ouvido. Afinal, como disse o presidente Lula, com a autoridade que lhe cabe e aquela sabedoria sociológica que lhe é peculiar: "Se porrada educasse, preso saía da cadeia santo." Se não se pode tratar o crime com "pétalas de rosa" e eu, de novo, cito o presidente, não se pode igualmente tratá-lo à base de pancada. Persiste, provando o que digo, a dupla visão (e ação) da polícia e do seu lugar em nossa sociedade. Com a palavra, os administradores públicos confortavelmente confundidos com "governo".

O NOVELO DA NOVELA

"Vovô", perguntou umas das minhas netas, "por que a gente vê e acompanha as novelas?" A indagação se endereçava não tanto ao avô que, sendo professor, autor de livros e "antropólogo-antropófago" (de ideias, é claro), tinha a obrigação de saber a resposta, mas a todo grupo que, de olhos vidrados, assistia a mais um capítulo de *Paraíso Tropical* em mágica sincronia com milhões de outras pessoas.

De fato, tirante a novela, o Carnaval, o futebol e os eventos não previstos pelas rotinas – como a visita do Papa que faz o mais empedernido materialista dialético e o mais enfurecido ateu virar "católico" –, só o vergonhoso cotidiano dessa atividade contraditória que chamamos de "política" faz com que alguém entre em sincronia com seus semelhantes no Brasil.

Achei a pergunta pertinente porque ela deixava de lado o julgamento de valor. O seu centro não era saber se a novela era boa ou ruim, se diminuía ou elevava os espíritos (como gosta de colocar a esquerda estrelada que odeia, mas vive da televisão; e agora vai montar uma indefinível "TV pública"), mas discutir o poder de atração dessa forma de narrativa feita de situações em série, ligadas entre si por meio de ganchos retóricos repetitivos, como o arcaico folhetim, e contada por meio de imagens sucessivas e planos rápidos, palavras, gestos, montagem e música, como o moderno cinema.

Respondi que a novela atraía e enredava porque – como o Brasil da pessoas comuns, o nosso Brasil – contava muitas histórias ao mesmo tempo, combinando múltiplas vidas, profissões, personagens, destinos, relações e situações. São tantos contextos e personagens que alguma coisa acaba nos agarrando, promovendo uma densa identificação. Seu poder de "dar o que falar" e de agregar o público era proporcional aos dilemas que ia apresentando paulatina, ciclicamente. De modo que, quando um caso de amor terminava, a narrativa desvendava um ato criminoso, e assim por diante. Era uma forma de arte que simultaneamente prometia as certezas que aliviam e sustentam o voyeurismo, mas não deixava de garantir o inesperado, que é o sal da boa trama. Por causa disso – acrescentei entusiasmado como sempre, mas sem ver que ninguém estava prestando a menor atenção ao que dizia, pois continuavam colados à telinha –, há em toda novela um núcleo articulador – uma rede central de intrigas – que serve de referência ao que se passa ao seu redor. Tal núcleo ou centro dramático pode ser uma academia de ginástica, uma empresa, um casarão, uma fábrica ou um clube, mas dentro desse quadro o miolo é sempre uma família. Um grupo construído por laços de carne e sangue, atribuído pelo destino (ou por Deus), e dado a cada um de nós por nascimento. Esses laços – enfatizei olhando firme para dentro dos olhos de minha neta –, que, no Brasil, são vistos como indestrutíveis e baseados em lealdades perpétuas, estão em oposição permanente com as relações individuais fundadas em escolhas, feitas fora da casa, por meio daquilo que se chama de liberdade.

É o conflito entre essas lealdades de sangue (dadas pelo nascimento) e os interesses individualizados, descobertos pelo amor e pelo erotismo que, com suas ricas variações, formam o tema central das novelas. A história é velha como um mito, todo mundo sabe o seu final e, no entanto, como ela é contada (e não vivida), como é algo a ser visto de fora para dentro (e não ao contrário), todo mundo assiste com interesse.

Ora, completei, esse embate entre a obrigação (que tem a ver com o dever para com a família) e a escolha individual (que promove riscos, pois está centrada num distanciamento do grupo onde se nasce) é muito brasileiro. Fala de como os laços de sangue são tão poderosos quanto as tais "empresas" ou "grupos" empresariais que, não apenas na novela, mas no *Jornal Nacional*, fazem manchete com seus conflitos sucessórios e suas sagas matrimoniais.

Deste modo, novela vai, novela vem, o drama é sempre o de honrar os laços formados na casa e de ser, na rua, um indivíduo bem-sucedido. Coisa complexa quando sabemos que as normas da rua promovem uma apreciação igualitária das ações e, as da casa, o contrário. Assim, o mandão hierarquiza, mas seus filhos, mulher ou empregados são governados pela igualdade.

"Mas vovô, isso acontece em todas as histórias...", retorquiu minha neta.

Sem dúvida... Mas em outros trópicos, o ponto todo é romper com a família e individualizar-se completamente, entrando de cabeça num mundo onde não se tem nenhuma relação pessoal. Mas na novela, tudo pode ocorrer, menos cortar relações. Nosso romance não é biográfico. Não narra a saga de um descobrir-se individualmente, como as histórias inglesas e alemãs. Nele, a regra é o equilibrar-se no fio de navalha constituído pelo individualizar-se sem, em nenhum momento, livrar-se desses laços de família que são leves como as penas de um pardal, mas que pesam como chumbo.

Hierarquias, igualdade, calvinismo

A CULTURA COMO REALIDADE

Tem muita gente que não "acredita" em cultura. Para quem pensa assim, há povos sem cultura, como haveria pessoas "sem personalidade". Um psicólogo diria que ser triste, deprimido ou apagado *não* seria sinal de ausência, mas, pelo contrario, de presença e um certo tipo de personalidade. O mesmo ocorre com o conceito de cultura. Todas as sociedades têm cultura, mas nem todas têm as mesmas artes e, sobretudo, a tecnologia capaz de destruir o ambiente, as outras sociedades ou o planeta. Por isso, poucas tomam seus hábitos de vida como o suprassumo do refinamento e da "civilização". No Brasil, confundimos "cultura" com "civilização" e ambas com refinamento, de modo que deixamos de problematizar certos costumes locais como o nepotismo, o poder como segredo, a condescendência, situando-os como costumes a serem automaticamente erradicados pelo advento civilizatório. Não há dúvida de que boas instituições e leis engendram boas condutas, mas, como estamos fartos de saber, nem sempre o governo esperado, o partido político que traria a utopia, o regime mais "civilizado" se vê livre dos velhos costumes que insistentemente retornam.

Não se deve inventar a roda, mas os processos de mudança efetivos só ocorrem quando algo de dentro se combina com alguma coisa de fora. Por exemplo: uma economia globalizada, dinamizada por técnicas que demandam transparência, pressiona hábitos sociais implícitos – como o nepotismo, a condescendência e o segredo como apanágio do poder, tornando-os discutíveis e promovendo sua transformação. Como é possível saber instantaneamente todos os meus telefonemas e não saber quanto o prefeito da minha cidade gasta com seus assessores? Se adotamos a racionalidade como centro do gerenciamento público, como calar diante de um governador que leva a sogra numa viagem para o exterior num avião fretado, a pedido de sua jovem esposa? Seria o retorno de um sintoma de imutabilidade? Penso que não. Mas isso não significa que é fácil substituir hábitos tidos como naturais por outros, vistos como mais práticos ou racionais. Um caso de desentendimento cultural exemplar foi o da Fordlândia. Vale relembrá-lo neste momento em que a agressão à floresta amazônica e a seus habitantes tradicionais está na mídia. Ademais ele é instrutivo, porque ocorreu num contexto geral de promoção do progresso econômico, dentro de uma motivação industrial e não política ou ideológica.

No final da década de 1920, o magnata Henry Ford decidiu ser autossuficiente em matéria de borracha. Implantou, na região do rio Tapajós, em plena Amazônia, numa área de 10.000 quilômetros quadrados, a Fordlândia. Ali, a floresta amazônica e seus habitantes foram submetidos aos meios de produção cultural de Detroit. Em plena mata, surgiu uma comunidade na qual os prédios principais eram a biblioteca, o hospital e um campo de golfe, não a igreja ou o palácio do governo. Tal como na Ford, todos foram obrigados a usar um distintivo para fins de identificação. A jornada de trabalho que era marcada pela coleta do látex e não por hora passou a ser como a da fábrica: das 9 às 17h. Se os automóveis Ford saíam de esteiras, as seringueiras que produziriam a borracha seriam plantadas em linhas, não em blocos, como seria desejável. A invenção de um espaço ideal – estilo Brasília, cidade para uma sociedade sem classes – levou a imaginar uma comunidade do meio-oeste americano: monogâmica, sem álcool ou fumo (estávamos em plena lei seca americana que durou de 1920 a 1933), mas com clubes de leitura de poesia e de canto que substituíam as festas locais.

O extremo, porém, ocorreu na comida. Banida a comida amazônica – peixes, pirões e caldos –, comia-se não em pratos, mas em bandejões que individualizam o alimento, alface, tomate, batatas, ervilhas e, principalmente, espinafre. Servida sem sal ou "tempero", sem a vestimenta de "pratos" e comensalidade, a comida foi o ponto de partida para uma violenta revolta dos operários. Rebelião pelo gosto e pelos costumes, não por horário de trabalho ou salário. A revelar que a "cultura" quando mexida de fora para dentro em pontos sensíveis (mas insuspeitos) adquire realidade e poder. Aquilo que para os engenheiros da Ford era um exemplo de refinamento e racionalidade, tornou-se para os trabalhadores locais um explosivo traço de intolerável humilhação. Afinal, como diz o velho ditado, nem só de economia, digo, de pão vive o homem.

A RESSURREIÇÃO DA CARNE: O CULTO DO CORPO NO BRASIL MODERNO

Nos primeiros dias de fevereiro, visitei com meu amigo e colega, o professor catedrático e conceituado brasilianista, Richard Moneygrand, da Universidade de New Caledonia, Estados Unidos, várias academias de ginástica de São Paulo. Meu objetivo era realizar ao vivo e *in loco*, seguindo a fórmula antropológica da "observação participante", uma reflexão sobre esse culto do corpo que toma conta do mundo moderno e que, entre nós, brasileiros, domina, ao menos nominalmente, os hábitos das camadas mais sofisticadas, "pra-frente", "bonitas", saudáveis e, naturalmente, mais ricas da nossa sociedade.

Visitamos as academias Competition, Runner, Formula, Master, Activa, Triathon e Companhia Atlhética (os nomes em inglês dizem muito), sendo muito bem recebidos tanto nas maiores e mais bem equipadas em espaço, equipamento e pessoal, quanto nas menores, que acentuavam, como compensação, um atendimento mais personalizado aos seus clientes.

Minha intenção não era testar a eficiência dessas instituições, mas realizar um exercício de observação sociológica de um fenômeno moderno. Um fato social nascido fora do Brasil que a ele chegava e nele se instalava, tornando-se parte do modo de vida de uma parcela pequena, mas significativa da sua população urbana, pois os frequentadores das academias – empresários, jornalistas, professores, publicitários, artistas, músicos e profissionais liberais – são criaturas importantes no desenho da opinião pública, sendo percebidos como modelos e exemplos a serem seguidos.

De modo mais detalhado, eu queria investigar dois pontos. Primeiro, aprofundar o entendimento desse culto do corpo no mundo moderno em seus aspectos mais gerais. Qual o significado social desse culto? Que valores ele articula, exprime e celebra? Que tipo de valores o legitimam? No fundo, era minha intenção ampliar algumas reflexões essenciais de Richard Moneygrand relativas ao universo simbólico do capitalismo. Uma dimensão que permite focalizar o capitalismo mais como um estilo de vida e menos como um modo de produção, como ainda é trivial realizar.

Como sempre ocorre quando lançamos um olhar curioso e despretensioso sobre nós mesmos, entramos no terreno desconcertante da descoberta do óbvio. Assim, foi surpreendente constatar que em São Paulo há um alentado culto do corpo, com fiéis extremados e moderníssimos templos nos quais esse corpo é reconhecido e celebrado. Há, pois, na pauliceia, academias de ginástica para todos os gostos, funcionando em todas as horas. Alguns desses espaços são tão bem organizados em termos de equipamento e pessoal que eles nada devem aos seus congêneres americanos e europeus. Mais: uma dessas academias, a Formula, situada num imenso 2º subsolo da avenida Rebouças, ocupa – com suas três piscinas olímpicas, suas inúmeras máquinas de ginástica de última geração e a simpatia dos seus instrutores – uma área de 6 mil metros quadrados e tem 4.200 alunos! Quer dizer, nem meu colega Richard Moneygrand, que afirma saber tudo sobre o Brasil, ou tampouco eu sabíamos que em São Paulo existia a maior academia de ginástica situada num subsolo do mundo! E como se isso não bastasse, fomos informados de que a Formula estava em expansão. Esse seria um fato normal, caso estivéssemos no estrangeiro. No Brasil, porém, o confronto com ele traz à tona a nossa incredulidade e desinteresse por um Brasil que certamente é capaz de imitar, mas é igualmente hábil para recriar produtivamente o que vem de fora, fazendo até mesmo com que fique melhor do que o produto inspirador original, como foi o caso do futebol.

Ao lado desses aspectos mais gerais, eu queria compreender as vertentes locais e brasileiras desses espaços. Ou seja, estava interessado em discutir o culto do corpo como um fenômeno de difusão cultural, mas tinha como questão central compreender como ele era apropriado pela sociedade brasileira, tornando-se parte da sua paisagem cotidiana. O que ocorria neste processo de adaptação, nativização ou aculturação? Que diferenças existem entre as academias americanas e as brasileiras? Como é o comportamento lá, no seu local de origem, e aqui? No enfrentamento deste segundo conjunto de questões, o amigo, colega e mentor Richard Moneygrand foi muito importante. Tanto que uma entrevista generosamente concedida pelo professor Moneygrand fecha este ensaio-reportagem.

O COMBATE ENTRE O CORPO E A ALMA

Quem é, afinal, mais forte? O corpo ou o espírito? A julgar pelo que vimos nas academias de ginástica de São Paulo, não há a menor dúvida que a fortaleza está no corpo.

Como um exemplo vivo da ausência de linearidade das tradições, o surto de um "culto do corpo" no mundo moderno ressuscita o cuidado com o lado biológico da pessoa, combinando de modo original uma antiga tradição anestesiada pelos cristianismos e pelo racionalismo cartesiano que dele nasceu, todos explicitamente interessados, senão em subjugar ou em submeter o corpo à alma, pelo menos em colocá-los em conflito e oposição.

A dualidade entre corpo e alma percorre integralmente o quadro de valores do Ocidente, mas não se trata de uma relação estática ou simples, pois seus termos e sinais oscilam. Tudo se passa como se entre corpo e alma houvesse um combate ou um jogo, mais do que um desenho definitivo.

De fato, se a vida religiosa ocidental demanda o controle e a submissão do corpo, como prova o catolicismo ortodoxo, a face triunfante dessa mesma Igreja faz – na Renascença – ressurgir esse mesmo corpo pecador e vil, agora recuperado em todo o seu esplendor como instrumento de representação da glória de Deus, da Virgem e dos Santos. Se o código religioso continuava tratando o corpo como uma entidade a ser englobada pela alma, o movimento que redescobre o mundo greco-romano e que renova a vida cotidiana, as artes e as ciências, leva-o a sério, tratando dele com carinho, como a mostrar nas suas resplandecentes pinturas que o corpo é mesmo o espelho da alma. Assim, no Renascimento, há um novo e ambíguo debruçar sobre o corpo, que é transformado em experiência estética e em paradoxal modelo do outro mundo.

Seguindo essa mesma polifonia, dois séculos depois, a Reforma Protestante esconde o corpo e o controla como instrumento de prazer, vigiando o seu encontro com categorias socialmente proibidas (como os católicos, os infiéis, os pagãos, os índios e os negros) somente para liberá-lo mais energizado como agência de disciplina e de trabalho, atividade pela qual o homem seria capaz de assegurar sua salvação.

Como a mostrar que as ideias jamais estão nos seus devidos lugares, esse corpo e essa alma vivem como os fanáticos da malhação que tivemos a oportunidade de observar em seus ritmados exercícios: trocando de lugar e de sinais dentro de um mesmo espaço simbólico.

Eis uma ambiguidade que nem a moderna ciência médica, nem a ética contemporânea, que decretou a morte de Deus e o fim das grandes narrativas, exorcizou. Pois o nosso culto moderno do corpo o prepara simultaneamente para a saúde e para a beleza, para o trabalho e para o prazer. Como se o corpo tivesse que ser denegrido para ser cobiçado, escondido para ser revelado e amordaçado para ser gloriosamente ressurreto.

Talvez a força do culto do corpo na cultura contemporânea seja um outro modo de inverter mais uma vez essas conturbadas relações. Pois se a alma continua a ser básica nas igrejas, o corpo ganha hegemonia nos espaços públicos, fazendo com que a alma, a julgar pela multidão que "malha" todos os dias, torne-se um mero acessório, espécie de apêndice a evidentemente animar o conjunto de músculos e ossos de um corpo que se deseja afinado, sintonizado, quase diria, perfeito. Ou, quem sabe, o culto moderno do corpo seja um modo de articular muitos códigos, coordenando imaginativamente não apenas o corpo com a alma, mas principalmente o corpo com a mente: com a nossa vida psíquica, emocional e sentimental.

CORPO FORTE, ALMA FRACA

Essa ressurreição do corpo faz com que ele aguente a malhação – verdadeira tortura voluntária e programada do lado físico da pessoa – enquanto a alma, a julgar pelas contorções de dor estampada nos rostos dos ginastas, sofre horrores. Como diz Jane Fonda, símbolo sexual, atriz, líder revolucionária esquerdista, ideóloga e inventora de um infalível método de ginástica e inigualável representante do masoquismo puritano: "No pain, no gain!" Ou seja, sem dor não há lucro ou ganho! Eis um dito que traz à tona uma dimensão oculta da tradição moderna que lê o corpo como instrumento de prazer e conforto, desde que se pague o pedágio de uma tremenda autodisciplina. Assim, o direito à felicidade assegurado no preâmbulo da primeira constituição republicana moderna, a dos Estados Unidos da América, deve ser qualificado. Sim, a felicidade é, sem dúvida, um direito, mas para ter esse "ganho", como diria Jane Fonda, será preciso "pagar" com uma postura politicamente correta em que se submete a alma ao corpo, inclusive controlando sua sexualidade, sua idade e outras dimensões que o indivíduo não pode escolher.

MODERNIDADE, CONFORTO E CULTO DO CORPO

Contrariando, portanto, a visão trivial dos que definem a modernidade estaticamente e a situam numa oposição cabal ao antigo ou tradicional, essa ressurreição da carne observada nos ginásios de todo o mundo seria a franca negação da fórmula que equaciona o moderno somente ao confortável e à ausência de sacrifícios físicos. Pois ela mostra como a modernidade contém, tal como ocorre na sociedade brasileira, os seus paradoxos e contradições. Seja porque, de um lado, promete o prazer como um direito; seja porque, de outro, exige sua malhação como um dever implícito – uma ética – igualmente imbricado na nossa ideia de cidadania.

O que não deixa de ser curioso, pois se a vida na última metade de século foi medida sobretudo pela acumulação de confortos – dos carros automáticos e com direção hidráulica aos elevadores, controles remotos e abundância de comidas e bebidas –, a ginástica revela a exigência do corpo disciplinado. Um corpo, acima de tudo, preocupado consigo mesmo: bonito e saudável, como a lembrar que nem só de pão (e vinho) vive o homem (e a mulher), pois a abundância de prazer acaba num sedentarismo que potencializaria a doença e a morte.

Neste sentido, o espaço da malhação que se estampa nessas "academias de ginástica", nas quais um sofredor anima o outro, servindo-lhe de espelho moral, exprime a mais completa realização da filosofia calvinista que quer controlar o corpo, colocando-o entretanto no mundo e não num convento situado longe dele. Enquanto o catolicismo nos quer fora do mundo e nos obriga a subir as escadas da igreja do Senhor do Bomfim ou da de Nossa Senhora da Lapa de joelhos, como fez minha mãe, pagando promessas, não há nas academias o ar barroco da ligação direta com a divindade, a doença e a morte, mas – pelo contrario – o clima suado e saudável dos corpos em pleno "trabalho", corpos que aspiram à ascese pelo movimento.

Deste modo, em qualquer academia, estamos mais perto da modernidade cuja ciência manda se prevenir da doença pelos exercícios corporais, do que das tenebrosas mortificações da carne vigentes no catolicismo ibérico. E, no entanto, em todos os exercícios e movimentos há algo da compulsão que mortifica o corpo na esperança da salvação.

UM CORPO BRASILEIRO?

Mas como entender esse corpo brasileiro que não se vê apenas como cidadão com direito à felicidade, mas também se enxerga como pessoa acostumada à boa mesa e que quer sombra e água fresca? Pessoa que cedo aprende a distinguir o mero alimento que nutre, mas não deleita, da gostosa comida que delicia e pode fazer mal; que vai à praia para exibir-se seminu, queimando-se à luz dos olhares mútuos que atiçam mais do que o sol, que a todos bronzeia democrática e igualitariamente; que detesta o trabalho entendido como gasto físico de energia, diferenciando-o de emprego e de estudo, pois trabalhar com o corpo remete inconscientemente à escravidão, sendo um sinal de inferioridade?

* * *

Para iluminar esse entendimento, realizei uma entrevista com Richard Moneygrand, que, sendo americano, sempre teve uma visão aguda dos modos brasileiros de ser e agir. Eis a entrevista:

Eu: Como é, Rick, que se pode entender esse corpo brasileiro, trabalhador e carnavalesco, politicamente correto e preconceituoso, hedonista e disciplinado, no contexto de espaços que têm um claro arranjo universalista, mas que são locais ao mesmo tempo, como essas academias de ginástica que acabamos de visitar?

Richard Moneygrand: Imaginei o que diria um marciano visitando essas academias, mas não se precisa ir muito longe. Basta um pouco de estranhamento para ver que nesses templos de ginástica ocorrem duas coisas. Num plano superficial, celebra-se o prazer do controle do corpo e o deleite da autodisciplina. Vemos, então, os corpos engajados na prática da ginástica, que pode ser interpretada como uma ritualização de um triunfo calvinista e da sua profunda ligação com o mundo moderno como viu Weber. Uma dimensão que reedita a fábula da cigarra: prevenir antes de remediar. Ou seja: pagamos com dolorida disciplina uma espécie de mais-valia pelas comidas todas das quais, após o exercício, vamos ter licença para desfrutar. Como aquela moça nos disse no bar de uma dessas academias, depois do seu exercício, enquanto comia um enorme pedaço de torta de chocolate: "Já paguei, agora posso comer." Dimensão que literalmente reafirma um "individualismo possessivo" de raiz: a ideia de que o meu corpo é meu e que sem ele não posso exercer devidamente a minha individualidade. Mas é preciso estar atento ao lado simbólico. Assim, fazer ginástica é também seguir Benjamim Franklin, realizando uma subliminar autopropaganda porque, ali na esteira, escada ou nos aparelhos, você envia a seguinte mensagem:

veja como sou controlado e como tomo conta do meu corpo (e da minha alma). Se sou assim aqui neste sítio de lazer, imagine no resto. Tenho um colega que melhorou sua imagem junto à alta administração universitária esquiando com o presidente da instituição.

Eu: Isso me lembra aquela moça que escolhia seus parceiros sexuais nas esteiras de corrida das academias que frequentava.

Richard Moneygrand: Claro. Daí meu segundo ponto, ainda mais importante e mais crítico. É que a função original (universal) se complementa com as adições simbólicas locais. Assim, numa sociedade em que uma grande maioria é magra e come muito mal, há um grupo que pode comer tanto que tem que malhar para comer sem culpa! Eis um contraste básico. Como você sabe muito bem, nos Estados Unidos, o pobre é real e simbolicamente representado gordo, mas no Brasil ele é visto magro, embora as estatísticas (escondidas pelo atual governo que se justifica muito pelos pobres) mostrem que ele é gordinho... Lá, o corpo em forma indica mesmo o controle e a autodisciplina, sinais da riqueza e da graça de Deus. Aqui, mesmo quem malha não pode ficar muito magro, senão vira pobre ou ganha uma aparência de doente. Quer dizer: fica, acima de tudo, muito feio.

Eu: Quer dizer, essas são as circunstâncias locais que você gosta tanto de falar nos seus escritos e conferências...

Richard Moneygrand: Exatamente! Esse é o lado que traz à tona o universo local. Como se a difusão fosse um sinal do império, mas fosse também uma oportunidade do receptor experimentar e revelar-se assustadoramente expressivo nas suas novas roupagens que chegam de fora. Assim, vale a pena notar que todas as academias que visitamos usam nomes americanos – Runner, Formula, Master, Competition. Trata-se de uma terminologia obviamente sugestiva de agilidade, poder e força. Uma vendedora nos disse que aquelas palavras tinham mais vigor do que possíveis termos de sua língua materna, o português. O que significa isso? Mero processo colonialista? Mera falta de imaginação? É claro que muito mais. Eis um dado que revela como a ideologia brasileira é avessa à ginástica e ao controle do corpo pelo exercício. Um velho amigo brasileiro, sabedor que eu praticava meu *jogging* todas as tardes, falou-me em tom de gozação:

"Rick, coração precisa mesmo é de amor e descanso, não de exercício..." Então, quando os brasileiros vão fazer ginástica, eles se transformam em suecos, ingleses ou americanos, pois a sociedade local não acredita muito neste controle do corpo que parece contrariar frontalmente a ideia de destino e de controle sobrenatural que é tão cara aos brasileiros.

Eu: Teríamos nas academias, como em muitos outros espaços da sociedade brasileira, uma outra aparente dissonância cultural: almas que falam português e corpos que falam inglês?

Richard Moneygrand: Exatamente. Do mesmo modo, existem as máquinas eletrônicas informando em inglês. Como se fossem instrumentos de tortura estrangeiros e, portanto, objetos deslocados. Mas vale notar que, nessas máquinas, não me imagino torturado, faço exercício...

Eu: Nos Estados Unidos, onde também às vezes me exercito, o comportamento é muito mais, digamos, devotado. As academias têm dias para homens e mulheres e as pessoas não se miram mutuamente.

Richard Moneygrand: O americano tende a levar as receitas a sério demais, sem relativizá-las e sem um grão de sal. São o oposto do brasileiro, que, diante de qualquer lei geral, para, escuta e depois verifica se vai aderir. E como lá, "time is Money", o tempo numa academia ou em qualquer outra coisa é um investimento. Lá eles não falam em fazer ginástica, mas em *work out*, cuja base é a palavra work, um termo muito rico em inglês. Ou seja, em trabalhar, no sentido de potencializar e exaurir o corpo, o que trai precisamente esse senso exagerado de dever e de ação e uma ausência de contemplação mais marcante na atitude brasileira.

Eu: Como assim?

Richard Moneygrand: Veja bem: nos Estados Unidos, todo mundo faz uma coisa de cada vez. Nós somos esquizoides e dividimos tudo e todos. Há tempo de ler, estudar, comer, beber etc... E cada uma dessas atividades demanda roupas, espaços, gestos e atitudes especiais. Aqui, vocês relacionam tudo com tudo. Um caixa de banco atende duas clientes ao mesmo tempo e ainda atende o telefone. O resultado é que vocês são mais paranoides e sempre perseguidos. Então, nas academias americanas, todo mundo está malhando e seguindo à risca as tabelas. Nas brasileiras, tem o cara que paquera, a mulher que se exibe, o sujeito que vai para comer ou flanar etc... E tem ainda aquela pessoa que lá está porque "está à toa" e "não está fazendo nada" – eis uma expressão intraduzível em inglês...

Eu: Tenho para mim que, nas academias, as máquinas submetem os homens, invertendo o que ocorre na vida diária. O que você acha disso?

Richard Moneygrand: Talvez. Na ideologia capitalista, as máquinas devem servir aos homens e, eventualmente, substituí-los nas tarefas mais árduas ou inglórias. Mas isso leva, como sabemos, à destruição da natureza e a uma vida sedentária. Uma vida em repouso e voltada para o prazer é incompatível com a ideologia calvinista que domina o mundo moderno. Então, os homens devem voltar ao cuidado do corpo por meio de máquinas. Penso, discordando de você, que, nas academias, máquinas e homens se acoplam e se entendem. Ali estão no espaço onde trocam energia e se reconhecem como amigos. Mais do que submissão, há finalmente uma reciprocidade.

Eu: Qual a mensagem de toda essa experiência?

Richard Moneygrand: Posso ser pomposo? A mensagem é que em todo o planeta os homens têm um mesmo corpo, mas em cada lugar eles usam e representam esse corpo de modo diferenciado. Apesar dos imperialismos e das globalizações. Assim, as máquinas eletrônicas de ginástica tiram as bundas e afinam os corpos na América, ao passo que no Brasil elas fazem justamente o oposto!

CONSPIRAÇÕES E SEGMENTAÇÕES: EVENTOS E SOCIEDADES
(A percepção dos dramas nacionais no Brasil e nos Estados Unidos)

Quando acontecia algum drama nacional nos Estados Unidos – o ataque terrorista às torres, o assassinato de crianças por mães perturbadas, o assassinato de colegas por estudantes insanos, os escândalos sexuais de presidentes da República –, espantava-me a atitude circunspecta dos americanos diante dos eventos. Lá, eu jamais ouvi a insinuação de que o interlocutor fosse amigo, primo ou compadre de alguém que tivesse alguma informação secreta ou oculta do acontecido; ou soubesse de alguém "de cima" (ou "de dentro") a verdadeira versão dos fatos.

Com efeito, o que me surpreendia no caso americano era a ausência de três dimensões sempre presentes nos "casos" nacionais. A primeira era a ausência de generalização, pois nos Estados Unidos havia sempre uma firme convicção nominalista de que cada caso era um caso, cada indivíduo era uma entidade distinta das outras, de modo que os dramas eram sempre circunscritos e localizados. Lembro-me nitidamente das palavras de um amigo numa discussão sobre o caso Clinton-Monica Lewinski, quando ele, veemente, lembrava que Washington era uma cidade especial, os democratas feitos de barro singular; e, por fim, que estávamos em South Bend, Indiana, e que seria mais proveitoso discutir os nossos problemas. Como já havia notado Tocqueville – em páginas que todos os proponentes do tal "Estado forte" deveriam ler –, na América, mesmo diante da instância federal, o local é sempre importante. Aqui, entretanto, fazemos o contrário, e todos os eventos são imediatamente generalizados, fazendo com que o drama do botequim contamine o país, quando não o planeta, conforme prova a expressão "o mundo não tem mais jeito...". A segunda dimensão era a leitura objetiva, direta. Na América, os fatos são fatos e pouco se discute seu contexto, interesses e autores. Um jornal bem reputado não é autor, é espelho. Para um brasileiro, tocado a pós-modernismo sem saber, o americano carece de desconfiança, o que promove a suspeição de que, tal como o Pato Donald, ele oscila entre o ingênuo, o hipócrita e o cretino. Um dos resultados mais nítidos dessa crença numa "verdade" única e livre de ponto de vista é a ausência de múltiplas versões e, em consequência, dessa inflação de variantes que os eventos sempre assumem entre nós. Pois no Brasil cada fato tem, como sabemos mas ainda não compreendemos, múltiplas versões. É, a meu ver, essa latitude que faz com que tenhamos como companheiras inseparáveis dos eventos a figura da conspiração, essa mãe de um pensamento mais próximo de salvar as pessoas e condenar as instituições do que fazer o oposto, como foi o caso dos americanos diante de Watergate.

As fórmulas das versões conspiratórias são padronizadas. O sujeito diz: "Certo, mas a verdadeira história não é bem assim..."; e solta a versão do que teria realmente ocorrido, como foi o caso daquele frentista que me garantia como o "selecionado brasileiro de futebol" havia sido comprado depois da derrota para a França em 1998. Inútil arguir que a glória vale mais do que o dinheiro (porque vira muito mais dinheiro); em vão relembrar que, em futebol, a derrota está à espreita.

A teoria da conspiração dá voz ao que somos: um sistema no qual cada segmento tem sua perspectiva dos eventos. A parcela mais moderna aceita o acaso. Entende a corrupção pelo poder e no poder e compreende a mentalidade totalitária. A mais tradicional, relacional e hierárquica, porém, assume que por trás de todo acontecimento há uma causa humana e uma motivação pessoal, como a inveja, a cobiça, o ódio, a desonestidade ou o desamor.

No passado, as múltiplas versões eram rotina. Como não ter duas versões dos fatos num sistema feito de senhores e escravos? Numa sociedade com reis, bispos, barões e gentinha? Como não interpretar de modo diverso um mesmo fato numa coletividade fechada, na qual um grupo pequeno detém a maior parte da riqueza e, muito pior que isso, as fórmulas de dominação circulantes? A inflação de versões corresponde exatamente à segmentação dos grupos. Se cada pessoa acrescenta um ponto no evento que vira um conto, como naquela famosa narrativa de Machado de Assis, cada fato dramático vira uma conspiração aos olhos do governo, ou transforma-se em chantagem quando visto pela opinião pública.

Outro dia fiquei sabendo que Tancredo Neves não morreu de doença. Foi assassinado numa missa com um tiro à queima-roupa. "Abafaram o caso", disse-me o sério e elegante motorista que contava a história, "não chegou nem a sair no jornal!", completou, definitivo. O mesmo teria acontecido com JK, Getúlio e Jango. Só os ingênuos não sabiam. D. Pedro II não entrou na lista porque o nosso horizonte temporal não chegava a tanto, mas o Lula entrou como outra vítima: "Não o deixam governar." Imagine se deixassem, pensei com os meus botões e corri para o computador para escrever esta crônica. Compreendi então por que o negócio do dossiê não podia dar certo. Iríamos acabar transcendendo os mais baixos interesses políticos e acabar falando de uma dimensão fundamental do Brasil. Do fato de que as conspirações são os sonhos de cada um dos segmentos que nos forma e complementa. Elas são a ausência mais absoluta de um plano cívico comum.

DIÁLOGOS & DIALÉTICAS

Encontrei-me com o brasilianista Richard Moneygrand, de volta ao Rio para realizar pesquisas e consultorias. Num jantar especial, semicomemorativo, conheci sua nona esposa.

– São muitos casamentos... – resmunga um amigo complacente, o rosto alegre mostrando os olhos azuis sempre fulgurantes de energia e inteligência. – Ao contrário de você que fez as suas, para mim insonháveis, Bodas de Platina (45 anos), eu mal cheguei às de Cobre (8 anos)...

– Paciência... – reagi usando a palavra mais gasta do vocabulário nacional, olhando a jovem e bela Mary Smith, que seguia o nosso papo mais como observadora do que como participante.

– Minha história matrimonial é semelhante à experiência política do Brasil. Tenho problemas com o casamento monogâmico; vocês com a "liberal-democracia". Mais com o "liberal", menos com a "democracia", pois debaixo do Equador, tudo tem o germe da velha dialética na qual uma coisa devora a outra. Só um brasileiro ousaria juntar "ordem e progresso". Se há ordem, termina o progresso; e se ocorre progresso, onde é que fica a ordem? Como nos meus sucessivos casamentos, essa minha busca de serena intimidade e de paixão arrebatada é contraditória. Há, no Brasil, quem esteja convencido de que o "liberalismo" (que destrava os interesses e a competição) vai comer uma "democracia" imaginada concretamente como um regime perfeito, baseado num igualitarismo substantivo. Uma igualdade pré-iluminista, não perante a lei, mas perante a "vida" e o que se imagina como suas necessidades básicas, infraestruturais e pré-políticas: comer, dormir, reproduzir-se... Ao lado desses impera-

tivos morais, vistos como anteriores à própria sociabilidade, entram muitos gatunos e fantasmas.
— Coisa complicada, não?
— Mas haveria o humano sem a busca do impossível — retrucou Moneygrand —, sem esses contraditórios "ordem e progresso", "sexo e amor", "igualdade e hierarquia", "crescimento econômico fundado no mercado e PAC"? De um lado, as rotinas bem-educadas das cláusulas pétreas, dos axiomas morais indiscutíveis, tipo "não roubamos e não deixamos roubar"; do outro, as transformações profundas, revolucionárias e carnavalescas, capazes de pôr o mundo de ponta-cabeça, mas, é claro, sob a direção dos produtores políticos e culturais adequados. O problema é que vocês amam a convulsão contraditória. O Brasil tem uma aristocracia igualitária.
— Mas você não acha que estamos nos livrando desse peso iberista e marchando para o americanismo?
— Para mim o Brasil é como aquele bloco de Carnaval inventado pelo Aníbal Machado, no livro *João Ternura*, lembra?
— Claro, Moneygrand. Como esquecer se fui eu quem lhe mostrou o Carnaval cósmico de *João Ternura* como um modelo sociológico do Brasil? — repliquei um tanto amuado pela cretinice do brasilianista, que me devolvia sem citar, como é comum no mundo acadêmico, algo que eu havia descoberto.
— Estou pensando no Carnaval de Aníbal Machado, onde os problemas — mendacidade eleitoral e administrativa, fome, uma desigualdade estrutural que o governo promete corrigir, mas que vai aumentando pelo furor do seu controle legalista — surgem claramente; e, com eles, o bloco "Custa-mas-vai", que muitos hoje diriam que tem "custado" mais do que "ido".
— Tal como seus casamentos em série. Essa sua busca constante pelo amor pleno que você até hoje pensa encontrar prontinho para ser apanhado e levado para casa, certo?
— *Perhaps...* Você disse uma vez que os Estados Unidos eram o país das sacolas e o Brasil, o dos embrulhos. É outra dialética. Tampada, a sacola vira embrulho; e o embrulho, aberto por cima, transforma-se naquilo que nega: vira uma sacola. O mesmo ocorre com outras imagens.

– Já sei, a da Polícia Rodoviária parada, das prisões como centrais do crime e a do Ministério da Desburocratização criado, com seus regulamentos, para cortar o nó da papelada nacional...

– Vocês falam dos portugueses e, no entanto, foi o Brasil que inventou uma burocracia para acabar com a burocracia! Vocês pensam que abstraindo, generalizando e nacionalizando, os problemas – que são sempre locais e demandam ações particulares e pontuais – se acabam. Francamente, criar uma burocracia para resolver a burocracia, só mesmo nesse Brasil onde um pacote, um PAC, que fecha e contém, quer deflagrar crescimento.

– Iberismos? – sugeri, procurando um garçom para pedir mais uma garrafa de uísque e observando a participação cada vez mais intensa de Mary Smith numa roda de samba onde aprendia o "re!que!bra!do!" carioca.

– *Perhaps*. Melhor seria dizer falta de entendimento das implicações simbólicas de uma sociedade de mercado. É como querer um bom jogo de futebol com um juiz impedindo certas jogadas. No fundo, vocês têm horror ao sucesso, esse fruto proibido nas sociedades baseadas na honra e na família. Nelas, já se sabe quem são os ganhadores porque não há jogo e ninguém muda de lugar. Agora você entende por que o sucesso (que mexe com o sistema) é, como disse Tom Jobim, uma ofensa pessoal. E para quem ama a nomenclatura e adora planos, projetos e pacotes, o lucro é um engodo do coletivo.

A MONTANHA DO ESPINHAÇO QUEBRADO

Finalmente consegui assistir a *O segredo de Brokeback Mountain*, filme do chinês Ang Lee, que no contexto do cinema moderno narra uma heresia: uma história de amor entre caubóis. Um caso perturbador porque vira pelo avesso uma fábula muito cara à modernidade, expondo uma dimensão reprimida dos relacionamentos entre caubóis, esses protocidadãos decididamente masculinos dos universos sociais modernos.

Nesta história, os elos que edificaram um gênero constitutivo do próprio cinema, o "filme de faroeste", são usados para revelar uma outra forma de masculinidade: a que se manifesta como uma atração incontrolável entre os dois "mocinhos".

Neste sentido, o filme quebra a espinha dorsal da montanha mitológica americana, um sistema baseado numa tranquila positividade do relacionamento entre homens. Nesta mitologia, são os homens que, numa assembleia de iguais, instituem as normas de seu gerenciamento, dentro do pacto hobbesiano. Essa mesma ideia ressurge no mito de origem dos Estados Unidos, uma fábula que os representa como uma coletividade que não é "descoberta", "conquistada" ou "revolucionada", mas *fundada* por um punhado de homens ilustres, sábios e, como os caubóis dos filmes antigos, moralmente impecáveis: os seus "pais fundadores". Se os outros países foram feitos de homens e mulheres, nos Estados Unidos a cidadania moderna, inventada apenas por homens, domina a ideia de coletividade.

É contra esse pano de fundo que, sugiro, o drama de *O segredo de Brokeback Mountain* deve ser situado. Mais do que um filme sobre o amor entre homens, ele é um texto que fala do amor entre homens que são também, e sobretudo, personagens míticos – símbolos de uma vida social dominada por uma masculinidade sem paradoxos, vazamentos e ambiguidades. Uma masculinidade retratada na imagem do caubói como um ser paradigmático da própria condição humana, logo, maior do que a própria vida...

A marca registrada dos filmes de caubóis era a luta do "bem" contra o "mal" que nós, meninos brasileiros, chamávamos da batalha do "mocinho" contra o "bandido". Não preciso dizer que o "moço" englobava não apenas o bom caratismo endêmico e idealizado que a cultura popular americana projetava para o mundo como sua marca registrada, mas a beleza física e moral encarnada em tipos corretos e impermeáveis à contradição e à dúvida. São esses heróis com todo o caráter que vivem o confronto direto entre valores: a ganância contra a honestidade; o indivíduo isolado contra o bando corporativo e condescendente consigo mesmo; a lei contra a força bruta; a racionalidade contra a intuição. Tudo isso encarnado por personagens autônomos, livres, absolutamente certos de sua igualdade. Traço que o final do filme provava ser verdadeiro quando, num confronto violento, um duelo armado, o representante da lei liquidava a desordem. Típica, pois, dessas histórias, a ausência de relacionamento entre os personagens. Descobria-se logo que os caubóis, expressivos do bem e do mal, tinham uma queda mútua porque um era o oposto do outro, mas tudo se passava como se a interdependência (com suas contradições) fosse dispensável. A complementaridade era um hóspede não convidado da condição humana, tal como a condição humana era representada nessas narrativas. Nada penetrava ou perturbava esses caubóis de antigamente, exceto as balas que eram freudianamente disparadas pelas armas de cano exageradamente longo de seus inimigos estruturais.

Quando eu assistia a esses dramas – menino brasileiro criado em casa, pela casa e dentro de casa, praticamente proibido de ficar sozinho e certo de que o inferno não eram os outros, como tentei aprender mais tarde com Sartre, mas era ficar comigo mesmo –, eu, repito, ficava fascinado precisamente com a liberdade e o individualismo desses "mocinhos". Esses heróis solitários, sem pai nem mãe, tios, irmãos, primos, compadres, colegas e amigos que, depois de vagar naqueles desertos, tendo por testemunho apenas um cavalo e um sólido céu azul, chegavam com cara e coragem invejáveis em algum lugar onde logo encontravam a sua "cara-metade" – não uma mulher, mas o seu outro estrutural, o "bandido" com o qual iriam se confrontar num duelo de paixões e interesses. Até que a morte, como nos bons casamentos, os separassem, mas tudo se passando como se eles fossem movidos por interesses utilitários e externos que nada tinham a ver com as atrações que eventualmente fazem com que os elos se tornem forças irresistíveis. Mais fortes que as balas das pistolas, essas pistolas que nos faziam reprimir o riso por serem sinônimos do pênis e que eram tão ou mais importantes que as mulheres e os índios, esses personagens secundários.

Foi assim que interpretei o filme de Ang Lee. Para mim, o desmantelar dos lombos começa com a frieza descritiva e, quem sabe, com a secreta perversidade, com a qual ele conta esse *western* onde os mocinhos não se interpenetram por balas, mas por um amor que tem, a propaganda do filme chama, "uma força da natureza". Para as plateias americanas que não têm o hábito de viver crises ou autocrítica; para o americano comum, para quem a ambiguidade é negativa; para os membros de uma nação cujo mito de origem fala de "pais fundadores", espécies de caubóis do iluminismo que, com sua crença no indivíduo como cidadão fundaram o "país dos livres e iguais", um lugar onde todos têm o direito à felicidade, *O segredo de Brokeback Mountain* deve ter sido um choque.

Para nós, brasileiros, acostumados a todos os paradoxos, ter o espinhaço quebrado faz parte da vida.

Crise e identidade

BATENDO DE FRENTE COM O MUNDO

Nada é mais pungente do que o confronto de um país com seus princípios; com a moralidade ideológica, cívica ou religiosa que adotou como credo mas que, num determinado momento, aparece como um adversário, obstáculo ou contradição. Como é possível que a nossa boa e velha ideologia se volte com tanta força contra nós, fazendo com que um lado capital de nossas vidas torne-se, como as dores de dente, nosso inimigo?

Essa é uma questão que o neoliberalismo (com sua demanda de igualdade, transparência, bom senso, ética, competição honesta, eficiência administrativa) apresenta ao Brasil e a cada um de nós no presente momento. Trata-se do conflito ligado àquele "bater de frente" que machuca, decepciona, faz chorar e, às vezes, derruba. A necessária e desejada "volta por cima", imortalizada na música de Paulo Vanzolini, é um exemplo lamentavelmente raro de como se deve lidar com esses profundos baques existenciais.

Claro que não estou falando do confronto rotineiro entre um indivíduo ou um grupo com coisas como os Dez Mandamentos, o Código de Hamurabi, a Declaração Universal dos Direitos Humanos ou a Constituição. Também não estou me referindo apenas a congressistas, ministros, juízes, presidentes e homens de governo com suas promessas e juramentos raramente cumpridos. É fácil e, em geral, tranquilo, culpar qualquer pessoa por alguma falta, quando (de fora) confrontamos seus atos concretos com uma lista fixa e por definição imutável de preceitos morais, legais ou religiosos. Há sempre um fosso incomensurável, como nos romances de Graham Greene, entre ideais abstratos e sua experiência concreta dentro da dinâmica social. Daí, de um lado, o sentimento de erro, de frustração e de culpa; e, de outro, a mendacidade patológica que aflige os despossuídos de consciência moral. No caso do Brasil, a doença atinge com mais força porque é justo na área incumbida da resolução dos paradoxos – no chamado "governo" – onde se concentra esse vazio que sequer aparece como culpa ou crime.

Os dilemas existenciais intrigam. O operário eleito para melhorar o país que, no poder, torna-se refém de táticas políticas abertamente insinceras e desonestas; a moça branca, filha de esquerdistas politicamente supercorretos que se apaixona perdidamente pelo belo, inteligente e culto favelado negro; o padre que, tendo substituído a religião pela política, não acredita em coisa alguma, mas ainda se agarra ao seu poder de perdoar e promover o milagre da transformação do pão e do vinho em carne e sangue de Cristo; o professor de filosofia que prega e prática da liberdade sexual mas dela exclui suas filhas; o partido político de credo pequeno-burguês, acusatório e moralista, que faz da hipocrisia o centro de sua atuação; o policial ladrão que rouba conscientemente para passar o fim de semana em Búzios, com seus amigos aristocratas; o esquerdista rico que, culpado do que recebeu sem merecer, ama ideológica e perdidamente os pobres; o católico que acredita no espiritismo e recebe mensagens confortadoras dos espíritos dos seus entes queridos; o velho que, pintando o cabelo, encontra uma nova vida; o antropólogo otimista que tudo sabia sobre a morte em todas as culturas, mas que se vê obrigado a enfrentá-la dentro de sua própria casa; a autoridade que diante da onda de crime e terror se esconde, dando desculpas ou aceitando covardemente a realidade em vez de tomar providências...

E para terminar essa certamente infindável lista (faça a sua, leitor), com a palavra, o grande poeta inglês, Robert Browning: "O ladrão honesto, o homicida compassivo, o ateu supersticioso, a mulher de reputação duvidosa... Nós ficamos observando enquanto eles se mantêm em equilíbrio; seguindo a vertiginosa linha intermediária."

Só essa margem perigosa das coisas interessa, como sabem os santos e os poetas. Nela, ocorrem os paradoxos que nos viram pelo avesso, às vezes promovendo a suspensão da primeira pedra. Ou, ao contrário, que instituem a rotina da inoperância covarde, da demagogia ritualizada e do salve-se quem puder cretino e canalha.

Como povo, estamos hoje, aqui e agora, batendo de frente com essa questão. Como passar pelo desafio de ser sincero quando somos a todo instante confrontados com a nossa própria insinceridade? Como começar de novo, se nada foi refeito, reparado ou regenerado por novas convocações, palavras de ordem ou esforço para tomar pé e olhar o horizonte?

Quem jamais teve um confronto mortal com seus valores, que atire a primeira palavra ou artigo. Mas que o faça antes que a rotina das contradições – crimes perdoados, inoperância de todos os poderes, autocondescendência pessoal e partidária; enfim, antes que a mendacidade como programa e ética – nos engula.

A IMAGEM DO BEM LIMITADO
(E ILIMITADO)

O antropólogo George Foster usou a ideia do bem limitado para compreender uma comunidade fundada em redes hierárquicas, onde qualquer movimento individualizador era visto como uma ameaça ao equilíbrio social e assim sujeito à inveja, ao mau-olhado e à feitiçaria. Nela, o mundo era lido pela experiência da escassez e da pobreza, de modo que, se uma pessoa tinha sucesso ou se destacava por algum evento especial (paternidade, casamento, ganho numa loteria ou perda de um parente), ela era alvo de inveja. A inveja e o horror ao sucesso inibiam a individualização positiva, a mobilidade social e a competição.

A tese do bem limitado me fez ver que nas sociedades onde o individualismo existe, mas é tolhido e considerado como um sinônimo de egoísmo, o sistema tende a ser percebido como mais fechado e menor do que nos casos onde as hierarquias perpetradas por redes sociais imperativas são substituídas pelo individualismo e pela igualdade como uma ideologia dominante.

A noção de um benefício limitado – uma sociedade onde muitos são chamados e poucos escolhidos – fotografa um sistema onde destacar-se é um ato de desabusado egoísmo, pois nestes sistemas a "cidadania" seria dada naquele conhecido adágio brasileiro que consagra o "cada qual no seu lugar", sinalizando realmente o perigo de ser ultrapassado. Colocar o chapéu onde se pode apanhar é o outro lado da inveja de quem sai de uma pauta aristocrática aberta às novidades de fora e ranzinza com as razões locais. Quando se usa o "está se achando" como um sinal negativo de uma apresentação na qual a autoimportância é destacada, revela-se como os controles para permanecer no seu lugar são levados a sério mesmo neste Brasil de Bovespa bombando e governado por um Lula cada vez mais neoliberal e disposto a canibalizar a tal "herança maldita"; de resto, um trabalho político magistral simplesmente abandonado pelos tucanos.

A vantagem dos sistemas onde todos se ligam com todos é que a lealdade e a proteção anestesiam as enormes desigualdades sociais. Neles, todos se sentem mesmo culpados, e poucos têm orgulho coletivo, pois o mais bem-sucedido, rico, honesto ou bonito sempre tem como contrapeso o mais pobre, o mais canalha e o mais fracassado. Daí a leitura perpetuamente negativa de si mesmo. Aqui, o famoso narcisismo às avessas de Nelson Rodrigues não é uma figura de linguagem, mas um fato da vida.

Em tais grupos, não há espaços individualizados ou abertos. Não existe fronteira. Tudo tem dono, patrão e lugar. O pessimismo é dominante porque os relacionamentos são marcados por vergonha, pelas lealdades decorrentes da troca de obséquios que cada vez mais prendem uma pessoa à outra. Os desgarrados são lidos como inovadores, gênios ou miseráveis.

Como o maior pecado é ter opinião e ser autônomo, há uma enorme dificuldade de separar pessoas de regras, cargos ou preconceitos morais. Se as pessoas são donas de pessoas, elas são ainda mais donas de cargos e normas que deveriam valer para todos.

Daí a criminalização do sucesso. E a vigência da crença segundo a qual o êxito de um profissional em qualquer área é um sinal de que o bem-sucedido acaba recebendo muito mais do que merece, de modo que essa "mais-valia" simbólica teria que ser de punida, pois seria a parte – como expressou Marx com nitidez – que ele estaria roubando de alguma pessoa do sistema. Nestas sociedades, é complicado convencer um artista de que o sucesso do colega significa uma abertura do sistema para a obra de todos os artistas, pois ele sempre vê o êxito do outro como uma agressão ou como um sinal de que jamais terá vez neste mundo. O sucesso universal que todos um dia vão obter, ainda que seja por 15 minutos, só poderia ser ideia de um Andy Warhol. Um artista, é claro, mas antes de tudo um americano crente de que basta esperar na fila para que, um dia, você tenha tudo com o que sonhou.

O crime do êxito está ligado a esse desamarrar do sistema. Mas, pior que isso, é descobrir que ele sorri para as pessoas erradas, para quem não faz parte da "turma" correta. O "estar por dentro ou por fora" fala desse pertencer generalizado, ainda que humilde, a alguma rede de relações. Quem assume uma individualidade contundente corre o risco de ficar por fora. Foi o caso de Lima Barreto e, quem sabe, de Pedro II.

Entende-se agora a enorme simpatia por qualquer tipo de coletivismo, desde que o bem a ser dividido não seja o nosso, mas o "bem comum" que não pertence a ninguém num sistema constituído de pessoas concretas, jamais de cidadãos universais. Outro dado marcante é a existência de revolucionários oficiais, do mesmo modo que pululam canalhas institucionais. Os transformadores acusam o sistema sem piedade, mas com malícia; já os canalhas são os que jamais obedecem às leis, mostrando que, quando se "chega lá", o céu, e não a cadeia, é o limite.

EM TORNO DO BEM ILIMITADO

A antropologia social me ensinou a examinar fenômenos sociais pelo avesso. Tome-se, por exemplo, um sistema no qual a herança se faz por linha materna, passando de mãe para filha, e todo sistema habitual de autoridade fica de ponta-cabeça. Agora não é o pai quem detém a autoridade da casa, mas o tio materno. A chefia de uma aldeia segue do tio materno para o sobrinho, e o homem é ignorado na concepção dos filhos engendrados por espíritos que entram no ventre da mulher, como é o caso nas ilhas Trobriandesas. Do mesmo modo, falamos que toda dádiva se caracteriza pela espontaneidade e pela generosidade que faria do belo, como diziam os idealistas, ser algo que agrada porque não tem interesse. Mas mesmo nos sistemas de troca de presentes emoldurados por reciprocidade, Marcel Mauss demonstrou uma "obrigação" de dar, receber e... retribuir. O código do favor trivializado no nosso sistema político mostra essa obrigatoriedade de devolver, característica expressiva de um lado oculto da dádiva. Não existe nada como um almoço de graça e um pobre sempre desconfia – como diz o velho ditado – de muita esmola.

Nas minhas recorrentes tentativas de entender o Brasil como sociedade e cultura, experimentei virar pelo avesso o que examinava. No meu livro *Carnavais, malandros e heróis*, sugiro que o "Carnaval" é o inverso de uma "parada militar" e que ambos são opostos a uma "procissão". Quer dizer: coloque de ponta-cabeça um rito formal (onde todas as posições são fixas – uma festa de formatura ou a "posse" num cargo público) e você terá um "Carnaval", como ocorre nos "comícios". Do mesmo modo, eu tento demonstrar que o "medalhão" é um "malandro" pomposo e oficial, aceito pela nossa hipocrisia hierárquica, ao passo que o "otário", o "bandido" e os "renunciantes do mundo" (gente como Antonio Conselheiro e Jânio Quadros) são – em escalas diversas – seus opostos.

George Foster, o antropólogo americano que sugeriu a lógica do "bem limitado", não fez esse exercício. Não viu que as aldeias mexicanas eram englobadas por uma instituição maior, a elas opostas e contrárias: o Estado nacional mexicano. Sua ideia de um bem limitado descreve as comunidades, mas o que acontece quando se olha para a totalidade nacional? Quando se visita, por exemplo, uma cidade ou se é visitado por um representante do governo?

A inveja é um mecanismo de controle válido em certos campos. Daí o cuidado em exercer a ambição e a autonomia promotoras de ascensão social em comunidades que se pensam como fechadas, limitadas e pobres. A ascensão do filho pode esgotar as possibilidades do pai; a da mulher "tira" a do marido etc. A "casa" opera com constrangimentos claros. De dentro do seu espaço, temos um mundo onde todos se ligam com todos. Mas o que ocorre no mundo da "rua", esse universo órfão de pai e teoricamente igualitário, desenhado por leis e administrado pela polícia e pelo "governo"?

Nesse espaço, ocorre uma importante inversão. Se a casa tudo limita, na "rua" – entendida como área estruturada pela "política", pelo "governo" e pelo "Estado", onde operamos como indivíduos e "cidadãos" – tudo é permitido.

Penso que nossa estadolatria, estadomania e estadofilia, a ideia de que o "Estado" tem recursos infinitos, e que nele jazem as fontes de mudança e transformação social, é uma idealização colada à representação da "casa" e da sociedade como um bem limitado. Se, então, na família e na casa – como filho, irmão, cunhado e marido – eu não posso agir como um indivíduo autônomo, no governo e por meio do "Estado" eu me transformo. Agora, como vereador, senador ou governador, tudo posso. E se a realidade social não deixa, eu invento leis, mudo a moeda e redesenho instituições. Se não posso mudar as normas sagradas da "casa", imagino que na "rua" tudo pode ser transformado. Temos, pois, de um lado, a "realidade terrível" da fome das criancinhas que limitam tudo na sociedade; e, do outro, as possibilidades de transformação a serem realizadas pelas dimensões do "Estado" que vemos como infinitas.

Entre esses dois modelos – o da "casa" com suas limitações e o da "rua", com sua promessa de transformação e liberdade – jaz a concepção do "Estado", da "política" e do "poder" como instrumentos ilimitados (e exclusivos) de mudança social. Tem sido somente nestes tempos de profundas reformulações que começamos a imaginar o "Estado" menos como um grande transformador e mais como um instrumento de equilíbrio entre competidores, como um gerente de futuros públicos viáveis, ou como um administrador responsável de rotinas. Imaginado somente como um bem ilimitado, ele engendrava fantasias de onipotência que precisamos – ao menos – compreender e criticar. Nossa fonte de desigualdade estaria *também* nessa visão de uma sociedade limitada, pobre e invejosa (de "direita"); e de um "Estado" poderoso e rico que pode tudo por ser dotado de recursos infinitos (de "esquerda"). Como fazer com que o "Estado" trabalhe para a sociedade continua sendo, desde os tempos de Dom João Charuto, o nosso grande desafio.

O VALOR DAS IDEIAS

No Brasil, as ideias têm, como tudo o mais, poder, mas não têm valor. Com elas – supõe-se – fazem-se revoluções, promove-se a justiça e liquida-se a fome. Mas ninguém sabe muito bem quem as inventou: se são inatas ou aprendidas; se fazem parte de algum sistema ou conjunto; se saem diretamente da cabeça das pessoas ou das televisões, das telas dos cinemas, das igrejas ou dos livros.

O poder – e estamos, mais uma vez, aprendendo a lição, porque agora quem governa somos "nós" e não "eles" – é complicado (são muitas disputas), difícil (há inúmeros projetos), árduo (toda decisão implica reflexão, tempo e conhecimento mínimo do assunto), ingrato (eu dou tudo, e eles querem sempre mais) duro (como é que eu vou dizer não para o Fulano?), caro (tenho muito mais ambições do que meios para realizá-las) e ambíguo (eu posso tudo, mas falar de mim deste jeito é falta de respeito institucional: temos que processar, expulsar, prender ou dar uma lição)...

Para quem tem poder, o sucesso não se explica pelo domínio abstrato das ideias, mas por meio de uma misteriosa "prática" ou "conhecimento da realidade" da "vida". É o saber do propalado caminho das pedras que não se ensina a ninguém. Todos os poderosos dizem que "lutaram muito", que foram "muito ajudados", que souberam "aproveitar oportunidades". Poucos falam de ideias. Uma minoria fala, quando fala, de que essas ideias saíram das salas de aula e dos livros.

Para um povo que, na sua longa fase escravista, cultivou o analfabetismo e a mais bestial ignorância e, na modernidade republicana, a desigualdade social baseada no "diploma", as "letras" sempre foram vistas com desconfiança. Eram, primeiramen-

te, femininas; depois, se concretizaram em poesia que comoviam, mas não resolviam; finalmente porque levavam a uma fuga do mundo real e, pior que isso, revelavam aquela face da realidade que ninguém queria enxergar. Contra o mundo das "letras", repetia-se a fórmula da "dura realidade" que obriga a trocar os versos pela tal "prática da vida". Afinal, como disse um poeta (o grande Gonçalves Dias) muito lembrado porque, na realidade, cantou o que está em nossas cabeças: "A vida é combate/Que os fracos abate,/ Que os fortes, os bravos/ Só pode exaltar."
A única ideia que adotamos é que o importante na vida é a sua dura e dolorosa prática. Daí, a popularidade da *boutade* que conforta e faz a glória de todos os que vivem dos livros e, sobretudo, dos professores: quem sabe faz; quem não sabe ensina!
Haveria algo que melhor expressasse a glorificação da tal "prática da vida"? Os que sabem fazem porque (na ausência do muito ler e refletir, que enlouquece) simplesmente executam e praticam; já os que não sabem – os que lidam apenas com as teorias ou as ideias que geralmente não levam a nada ou trazem um mundo de problemas – ensinam. São meros repetidores que, nas salas de aula, falam de coisas abstratas (e dispensáveis) que, por serem virtuais, atrapalham os que querem ir em frente, com a sua maravilhosa prática, mudando radicalmente o mundo, guiados por suas poderosas experiências, como sempre ocorreu na nossa exemplar história social e política. Descobrindo, por exemplo, que a gente moderniza o país tratando os adversários políticos como inimigos; ou acaba com a burocracia criando um Ministério da Desburocratização; ou aceitando o ilegal como legal; ou processando os que nos criticam...
Em suma: as ideias são péssimas e seus carregadores, os livros, uns criadores de caso. Aliás, o livro é, entre nós, um mistério e um atrapalhador. A ele somos avessos como é o Diabo da cruz. De fato, como não ser desfavorável ao livro se ele desdiz a tal "prática da vida", indicando novos caminhos, revelando erros, denunciando um autoritarismo de raiz e formação, em perpétuo combate contra as liberdades individuais, e supersensível a qualquer chamada à responsabilidade, sobretudo a que se imprime no cargo público?

Ademais, como não suspeitar desses objetos quadrados que, fechados, são tão mudos quanto as pedras, mas quando abertos soltam gritos, soluços e – sobretudo – os imensos silêncios da humanidade nas suas diferenças e semelhanças? A autoridade – pelo menos no Brasil, faz: tenta fechar, proibir, prender, calar. Um dos seus trunfos é o argumento da prática contra o poder das ideias. Da caneta contra a letra; do regimento constitucional (as ideias feitas), contra o livro que ensina não apenas o poder das ideias, mas as suas implicações e responsabilidades. A ambiguidade do livro é o símbolo vivo dessa intolerável desvalorização das ideias em nosso país. Essas ideias que são também englobadas pelo credo jamais discutido segundo o qual quem ensina é a vida, a experiência e uma prática protossociológica que promove certezas e que tem como função naturalizar e tornar indiscutível tanto o poder dos poderosos quanto o dinheiro dos ricos.

EM TORNO DE UM VALOR NACIONAL:
A MENTIRA

Para Maria Pia

Foi no decorrer de uma conversa informal com o brasilianista Richard Moneygrand, da New Caledonia University, que comecei a refletir sobre o significado da mentira na sociedade brasileira. Veja bem: na sociedade brasileira, não no Brasil. Pois como o professor Moneygrand ensinou, Brasil e sociedade brasileira são coisas distintas.

"O Brasil", dizia ele no seu estilo sempre instigante, "tem como centro o Estado, a economia e a política, com suas instituições inspiradas na modernidade revolucionária e burguesa do mundo ocidental: liberdade, igualdade, fraternidade. E como estado-nacional moderno, sua dinâmica oficial decorre do equilíbrio entre os chamados três poderes – Executivo, Legislativo e Judiciário. Já a sociedade agencia-se pela família, pelas simpatias e pela religião, que remetia ao 'outro mundo'."

"As coletividades modernas", prosseguia, "baseadas na ficção sociológica de que são constituídas de indivíduos-cidadãos e governadas por leis que valem para todos, não admitem a mentira. Ou melhor, só podem mentir tímida e justificadamente, em nome das razões de Estado, porque o velho Maquiavel tem sido redefinido por uma economia globalizada cuja pletora de índices "objetivos" restringe consideravelmente as fantasias nacionalistas e a vontade de poder. Nelas, a verdade nua e crua dos números revela inapelavelmente como cada país se comporta em relação a seus débitos, créditos e potencialidades. Realmente", enfatizava Moneygrand bebendo o seu uísque com fingida moderação, "você mente para seus amigos, mas não pode mentir para o seu banco ou para o Serviço de Proteção ao Crédito. Por isso, a quebra de sigilo bancário, que aproxima a cidadania da justeza econômica, é tão temida pelos homens públicos desonestos. O sujeito mente no Parlamento e conta bravatas nas CPIs, mas não pode negar sua conta bancária contabilizada por um computador..."

"No mundo burguês, há um elo direto entre a lei e o cidadão – uma réplica da relação igualmente sem mediação entre Deus e os homens. Num sistema governado por mandamentos e pelo mercado, num mundo no qual instituições públicas (universidades, corporações, empresas, congregações, partidos políticos) substituíram a casa, a parentela e a família, é mais fácil abraçar o ideal da separação entre a mentira e a verdade. De fato", dizia meu mentor e amigo, "a produção da verdade passa a ser uma trivialidade. Pois só uma sociedade que acredita piamente nas suas leis e instituições públicas, e nelas confia, pode ter sua vida social baseada no axioma do 'não mentir' e num dualismo gerador de hipocrisia, da verdade contra a mentira."

"O mito da verdade a qualquer preço e a fábula de heróis nacionais e presidentes da República que jamais mentiram, como é o caso de George Washington, só podem ocorrer em sociedades nas quais o Estado é fundado no mesmo momento que a sociedade e, mais que isso, a coletividade nasce sem religião oficial e aristocracia, sob a égide de um igualitarismo radical. Daí, sem dúvida, a crença comum nos Estados Unidos onde todos falam a verdade até prova em contrário, o que pode complicar as mentiras contextuais, sem as quais a vida social seria impossível", completou Moneygrand tomando um trago do mesmo tamanho deste seu enorme pensamento.

"Mas o que ocorre em coletividades, como o Brasil, onde o estado-nacional (que não pode tolerar formalmente a mentira) está distante da sociedade que, por isso mesmo, vive numa flagrante informalidade econômica, política e legal?", perguntou ele com gravidade e já tomando o seu terceiro trago. "Em sistemas nos quais as leis estão distantes das práticas sociais, foram feitas para corrigir o sistema e têm uma notável inconsistência, mentir não é um pecado ou uma compulsão. É um meio de sobrevivência e uma virtude. Sem mentiras do tipo: o presidente não sabia; eu não roubo nem deixo roubar; eu sou blindado contra os amigos; o responsável não está; eu não conhecia essa lei, o sistema perderia sua funcionalidade. Ou, quem sabe, sua razão de ser."

"Acho tudo isso um exagero!", falei alto, mas sem convicção.

"É esse descolamento", continuou o impassível professor, "entre o 'real' (as normais escritas no coração da sociedade) e o 'formal' (as leis inventadas pelos legisladores e que ninguém lê) que caracteriza o Brasil. Em relação às primeiras, vocês tem uma nobre e excepcional sinceridade, pois ninguém mente para um amigo; mas no que diz respeito às segundas, vocês – *excuse me, my friend* – são os bostas. Não conseguem respeitar nem aviso de não fumar ou sinal de trânsito."

"Quer dizer", repliquei, pegando da garrafa de uísque, "que nós, brasileiros, somos sinceros para com a sociedade mas mentirosos para com o Estado e o governo. Como se tivéssemos duas éticas e, com isso, duas mentiras ou verdades?"

"Exatamente", concordou Moneygrand, "e tem mais... [Continua na próxima quarta-feira; se a gente não ficar de porre.]

EM TORNO DE UM VALOR NACIONAL: A MENTIRA (II)

Vocês devem estar lembrados de como eu ouvia, um tanto bêbado, é verdade, as teorias da mentira do meu amigo e mentor, o professor Richard Moneygrand. Uma de suas teses mais debatidas era a da presença de múltiplas éticas no sistema brasileiro. Ponto inspirado no Max Weber da ética protestante. Ali, dizia Moneygrand, citando Weber: há um verdade para os membros da nossa aldeia e parentela e uma outra para os estrangeiros, os marginais e os não parentes. O preço de uma laranja é inflacionado para os de fora, mas a mesma laranja é dada para os companheiros de aldeia. A inovação do capitalismo-liberal foi a de ter instituído uma única ética comercial para todos, criando um modelo de comportamento universal.

Moneygrand falava da ética da casa e da rua que alguns leitores vão reconhecer que eu copiei e repeti inúmeras vezes sem nenhuma vergonha de ignorar os trabalhos do mestre nos meus atarantados escritos. Mas como minha obra tem sido uma sinfonia de palavras ao vento, ninguém jamais me acusou de coisa alguma. E até os críticos mais ásperos, sobretudo os que citam Weber em alemão, deixaram passar esses plágios evidentes que hoje eu tenho a honra de proclamar.

– Você não fez nada de mais – falou Moneygrand. – A ausência de citação nem sempre é plágio. Trata-se de algo próximo a uma internalização da obra do outro, como se faz nas pequenas *white lies* [mentiras brancas ou leves] – disse ele em inglês, justificando generosamente minha falta de ética. – Digamos que você me imitou teoricamente. Afinal, como vocês brasileiros sabem mais e melhor do que ninguém, a imitação assim como a mentira são as bases da vida social.

– Mas a verdade é que a citação obrigatória da obra que inspira, ou que abriu aquele caminho, é uma questão de honra para os acadêmicos de minha escola – menti.

– Agora, *DeMattia* [só quando estava totalmente de porre é que Moneygrand conseguia pronunciar meu nome corretamente], tenho a oportunidade de explicitar certas coisas – falou com aquela sua voz grave que ressoava autoridade e certeza.

– A questão das duas ou três éticas que convivem claramente no Brasil constitui um problema teórico de longo alcance. Não é simplesmente uma questão de admitir que a mentira tem uma presença maciça na sociedade (algo que, de resto, existe em todos os sistemas e culturas), mas de uma ausência da verdade como um valor disseminado pelo sistema, sobretudo nos elos entre o Estado (ou governo) e os cidadãos (a sociedade). Realmente, como pretender encontrar uma verdade única, bela e nua, que estaria no fundo de um poço, se existe uma lógica para a casa, uma outra para a rua e outra ainda para o outro mundo? Veja, meu caro, eu estou, de certo modo, citando você porque neste ponto – eis a mentira da verdade – você me citou.

– Se vocês tivessem feito os convocados-convidados nas CPIs jurarem por Deus, pelo destino, pela pureza, virgindade e honra de seus filhos, filhas, pais, mães e famílias, vocês teriam ido um pouco mais longe... Mas sem nenhum juramento fundado no outro mundo ou pela honra da casa, e em plena arena política, onde opera a ética do vale tudo, as mentiras eram as verdades. E as verdades sugeridas foram todas negadas como mentiras.

– Um outro exagero teórico seu, meu caro professor – menti novamente.

– Pense o que quiser – continuou Moneygrand proclamando sua verdade –, o fato concreto é que vocês mentem menos para seus parentes consanguíneos do que para os seus colegas e amigos; e menos para estes do que para seus correligionários; e ainda menos para estes do que para os chamados "outros", os de fora do círculo. O famoso e apertado círculo das "pessoas" que merecem as mentiras dos amigos, lidas como 'jeitos'; contra a ampla rede pública da sociedade em geral, ocupada por indivíduos sem rosto ou nome, sujeitos das verdades da lei e das mentiras de uma cidadania que se diz igualitária, mas que tem muitas gradações.

– Vou generalizar – ameaçou Dick, tomando um largo trago, como quem diz: prepara-se porque ai vem chumbo grosso. E tascou: – A ausência de uma ética única faz com que vocês tenham muitas referências morais simultâneas. O certo em casa (enganar a mulher e os filhos) pode ser criminoso na rua; e o criminoso na rua ("tirei" um naco do meu ministério para a gente comprar aquela casa na praia; meu amigo milionário está pagando as nossas despesas; pagaram a minha campanha eleitoral...) pode ser lido como um ato de bom senso em casa.

– Um dos maiores problemas da modernização do Brasil. O centro do tal "custo Brasil" – disse – é essa multiplicidade de moedas éticas. Uma para cada caso, evento, projeto e pessoa. Curioso que vocês jamais tenham ligado isso à tolerância com a inflação. Vocês são uma sociedade de estrutura inflacionária, pois na base existe essa duplicidade ética que obriga o governo a mentir (em nome do Estado) e, consequentemente, o povo a mentir de volta para o governo em nome da autodefesa e da proteção contra a incompetência. É triste que vocês deem ao governo o direito de mentir em nome do futuro.

– Mas essas ideias são muitos minhas – repliquei.

Ato contínuo, após um outro gole, Moneygrand e eu concordamos em continuar discordando e, naturalmente, mentindo (ou falando a verdade) um para o outro.

BRASIL DE TODOS OS SANTOS, PECADOS E ÉTICAS

Tem sido charmoso dizer que o Brasil (como a velha e fundadora Bahia) é um país de todos os santos e de todos os pecados. Poucos de nós, contudo, gostam de ouvir (e menos ainda, de admitir) que seríamos também a sociedade de todas as éticas. Ter todos os pecados e adorar todos os santos é uma coisa. Ter todas as éticas – base das crises que, volta e meia, empestam o cenário nacional – é algo muito diferente.

Cometer todos os pecados significa testar as nossas relações com a divindade, além de revelar uma tremenda disponibilidade para visitar as fronteiras da moralidade religiosa em todas as suas zonas obscuras. Não preciso dizer que a grande maioria dos nossos ídolos populares, sobretudo os compositores, admitiram ser grandes pecadores, o que lhes facultou uma espécie de cumplicidade positiva com seus admiradores – as pessoas comuns, incapazes de matar uma mosca, tomar um porre, comer a filha de um amigo, mandar o patrão à merda ou pular a cerca.

De fato, o destemor do ídolo para pecar é tamanho que fica difícil distinguir o pecador do ídolo. Mas é preciso cautela com essa equação, pois embora se fale de "todos os pecados", o que está em jogo nesta incensada (ou quase digo, insensata) heroicidade são os pecados contra a temperança (que comandam comedimento no comer e, sobretudo, no beber), contra a obediência (sobretudo aos poderes civis constituídos quando não são da "esquerda chique") e, claro está, contra a castidade e a fidelidade conjugal – esse terreno mais que bordejado pelos nossos heróis, em nome do amor ou em função de um momento apaixonado.

Devo lembrar também que estão definitivamente excluídas dessa lista de "todos os pecados" as faltas contra a amizade e os bens públicos. Os grandes pecadores-ídolos nacionais foram promovidos a simpáticos "heróis capadócios", como dizia minha avó Emerentina, justamente por terem sido grandes conquistadores. É como Don Juan e "farristas" incapazes de resistir à beleza de uma dama (virgem, casada ou puta), e não como ladrões do erário ou traidores político-partidários, que eles ganharam nossa admiração.

Ademais, deve-se reiterar, a bem da acuidade teológica, a noção de pecado tem a ver com religião e com a experiência de ruptura com os mandamentos de Deus. Um pecador deve entender-se com a divindade que, por meio dos seus mediadores (sacerdotes), condena ou castiga os transgressores arrependidos, trocando o pecado por penitências.

Mas como Deus é brasileiro, esses pequenos pecados contra a carne ou a ordem política (de direita) devem ser bem compreendidos (e perdoados) pelos santos e por Deus, que, lá de cima, conhece os poderes de sedução das mulheres brasileiras, do verão engalanado de praia e do Carnaval, como tem uma queda especial pela distribuição de terra e renda para os pobres. Afinal, como esses pecadores instituíram, o axioma maior do "ninguém é de ferro" vale para racionalizar e, no limite, perdoar todas essas faltas que são a inspiração de grande parte, senão de nossa poesia, pelo menos de nosso cancioneiro popular.

Algo semelhante ocorre com essa sociedade que adora todos os santos, esses santos que compreendem bem, como era do conhecimento de Jorge Amado e Gilberto Freyre, os moradores de uma Bahia encantada ou de um Recife mal-assombrado. Ambos mágicos, na sua reação contra-hegemônica a uma modernidade que, no Brasil, revelava-se na luta contra a massificação das ideias e a mediocrização de uma igualdade que era demandada pela mão esquerda, mas rejeitada pela direita. Ou vice-versa ao contrário no sambão do ideólogo doido, geralmente professor universitário com um aclamado livro a publicar...

Mas o fato cultural relevante é que adotamos essa múltipla capacidade para pecar e adorar, convencidos de que nada poderia tolher os nossos limites de brasileiros "porretas", embora pecadores e adoradores multivocacionais. A norma não dita, mas aberta por esse Brasil de todos os santos e pecados, é que tudo é possível, desde que você seja um Pedro Malasartes, um Leonardo Pataca Filho, um Macunaíma, um Vadinho ou uma celebridade milionária.

Coisa muito diversa, porém, acontece quando chegamos ao tempo de considerar a questão de todas as éticas. Se todo mundo – sobretudo os políticos envolvidos na quadrilha – só fala em "ética", de onde vem essa mal-afamada pluralidade? Essas "éticas" todas que não combinam (ou combinam?) com a aceitação tácita de um Brasil de todos os pecados e santos? Seria coisa da oposição invejosa de um Lula que lidera as pesquisas eleitorais? Seria mais uma ingenuidade burguesa dos imitadores de um neoliberalismo que o Brasil ainda não tem condições para adotar integralmente?

Por que a ética exige singularidade, enquanto esses pecados e santos que os nossos heróis tão bem cometem e adoram são múltiplos? Mais: se há heroísmo e até mesmo ausência de preconceito em cometer todos os pecados e em adorar todos os santos, por que essa intolerável limitação no que diz respeito à ética?

BRASIL DE TODOS OS SANTOS, PECADOS E ÉTICAS (II)

Por que a ética exige singularidade enquanto esses pecados e santos são múltiplos? Por que essa intolerável limitação no que diz respeito à ética? Primeiro, porque ter uma plêiade de santos e cometer um monte de pecados tem a ver com o outro mundo. Conforme assinalei, o pecado e a devoção falam de uma relação entre o devoto, o pecador e o sobrenatural. Se o outro mundo é visto como mais importante do que esse nosso "vale de lágrimas", o acordo entre o pecador e Deus pode ser o ponto final do pecado, mesmo quando esse pecado eventualmente transborda na sociedade. Sabemos como é complicado separar as ofensas contra Deus e os crimes contra a sociedade. Um pecado pode não ser um crime, por exemplo: roubar os bens públicos. E uma ofensa contra a coletividade pode ser tida como razoável aos olhos de Deus, por exemplo: a supressão dos direitos à propriedade em nome dos pobres.

As ofensas contra a ética são impessoais, mas o pecado tem um toque pessoal. Além disso, elas estão hierarquizadas e claramente refletem a ordem social. O sumiço de um pão numa sociedade de nobres levará a acusar um pobre. Agora, se sumirem os pães comprados pela Fazenda Real, alguém poderá dizer que essa é uma prerrogativa em nome do reino, do povo, do santo padroeiro e até mesmo – como ocorre sistemicamente nesse nosso Brasil pós-moderno – do partido ou da família. Pois se os eleitos tomam "posse" do Estado, confundindo-se com ele como "mandatários", como não usar (e abusar) integralmente de todo o seu aparato? Ainda mais quando se sabe que outro irá fazê-lo?

Há pecados típicos dos ricos (orgulho, soberba, avareza, prepotência, despotismo, arrogância, gula) como há dos pobres (inveja, maledicência, ressentimento, desforra, imprudência). Do mesmo modo, há os santos dos abastados e os dos necessitados.

Nas sociedades tradicionais, certas pessoas podiam cometer todos os pecados porque, sendo amigos dos sacerdotes ou até mesmo dos seus superiores, elas seriam perdoadas. Pecava-se contra Deus, mas quem pagava era uma coletividade envergonhada de saber que o seu alcaide, governador ou rei era também um mero bandido.

No regime da lei privada (do "privilégio), a lei se aplicava às categorias sociais de modo diferenciado. Um mesmo crime era apreciado por leis diferentes, quando cometido por um membro da nobreza, do clero ou do povo. Num caso, prisão domiciliar e especial; noutro, a cela comum. De um lado, o regime da diferenciação; do outro, o da inclusão sem desculpa, o que ligava a igualdade à inferioridade e à ausência de prestígio e poder. Tudo, como se observa, muito diferente do Brasil.

A coisa toda muda, entretanto, quando se institui a igualdade como valor. Quando o sujeito do sistema legal deixa de ser a "pessoa" (de bom nome e com boas relações, partido ou sentimentos) e passa a ser o cidadão-indivíduo trivial que não é mais julgado pelo que é, mas pelo que faz. À figura da "pessoa" que instantaneamente promove boa vontade e confiança, dispensa-se a "cordialidade" de Sérgio Buarque de Holanda, irmã da "consideração", do "respeito" e da presunção de inocência que promove emoções elevadas como a compaixão e a saudade. À figura do "indivíduo-cidadão", porém, aquele sujeito sem amigos poderosos ou importantes, induz-se a automática certeza do crime e da mentira. Daí o seu julgamento pela letra dura da lei. No primeiro caso, o sujeito marca hora para depor na Polícia Federal e tem prisão especial; no segundo, ele tem seu sigilo bancário, fiscal, telefônico e pessoal devassado, depois de um conluio de altos companheiros. A blindagem contra a lei define a pessoa; sua ausência denota o indivíduo comum.

Se prosseguíssemos na hierarquia, tudo estava resolvido. Os superiores poderiam cometer todos os pecados. Mas o que fazer numa sociedade em que todos – pasmem, todos! – são iguais perante a lei?

Estamos todos seguros da desigualdade, mas essa tal igualdade diante da lei é bárbara. Como é que nós, governantes, podemos ser tratados como os outros se nós somos do partido da "ética na política" e do "não roubava ou deixava roubar"? Como é que os jornais ousam publicar todas essas notícias, forjando um denuncismo desestabilizador quando "nós" estamos no governo? Por que me acusam de nepotismo se o que fiz foi ajudar um filho? Ou, ainda melhor: se exerci o dever de indicar um advogado a um colega de ministério, embora seja ministro da Justiça, isso nada teve com conflito de interesse; sou blindado contra os amigos...
Nosso problema é que continuamos a traduzir o delito ético como pecado. Seria preciso que certos valores do nosso mundo hierárquico passassem pelo crivo da crítica para podermos entender que a ética é uma percepção das regras que vem de dentro para fora, do indivíduo para a comunidade; ao passo que o pecado é algo que chega de fora para dentro. O universo do pecado requer mandamentos, o da ética se produz num cálculo entre o bom senso, a honestidade consigo mesmo (e não com um partido ou governo) e as regras *deste* mundo.

DESCUMPRIR A LEI:
MEMÓRIA DE UMA CONFERÊNCIA

Era uma conferência sobre lei e sociedade em New ou Old England, já não me lembro mais. Sei apenas que o encontro tinha como objetivo discutir os elos entre lei e sociedade, num momento em que os Estados Unidos haviam acabado de sofrer mais uma daquelas terríveis experiências de violência aparentemente sem razão, lucro ou racionalidade.

O seminário fora organizado pelo meu amigo e mentor, o brasilianista Richard Moneygrand. Minha participação naquele importante simpósio internacional deveu-se – apesar das objeções de alguns colegas, conforme fiquei sabendo depois de alguns drinques – aos meus estudos do Brasil como um sistema recorrentemente problematizado por leis que não pegam, por decretos feitos para os amigos, por legislações utópicas ou por simples descaso às normas mais triviais, como não fumar no elevador, furar o sinal ou sentar nas escadas.

Como é inevitável no mundo acadêmico, a conferência, programada para o entendimento, começou dividida. Havia o grupo que ligava o cumprimento da lei à sinalização de limites e de punição; e o que afirmava serem as regras dispensáveis numa sociedade efetivamente igualitária. Mas o que mais chamou atenção foi o trabalho apresentado por um conhecido especialista de Harvard, dr. Steve Buttercage.

Sua tese, baseada em ampla e impecável pesquisa quantitativa, qualitativa, semantica, simbólica, literária, sociológica, filosófica e psicológica, era a de que, para a maioria das sociedades, não seguir a regra era a regra; tal como o proibir a proibição era o hábito e até mesmo uma indiscutível cláusula moral em muitos sistemas.

O que mais chamava sua atenção não era a obediência à lei, mas a total ausência de ética justamente em nome da ética. Em certos sistemas, prosseguia o especialista, como ocorria na República del Lisarb, os grandes criminosos, os que conseguiam burlar a lei, eram agraciados com postos no senado, na câmara e nos tribunais federais. Naquela cultura, as leis não eram vistas como um modo de gerenciar conflitos, mas eram inventadas, sobretudo, para não serem cumpridas. Tanto que, no linguajar local, a lei era ignorar a lei. Promulgada uma lei, os formadores de opinião imediatamente colocavam-se contra ela; ao passo que o povo e as elites aceitavam o brioso desafio de deixar de cumpri-la. Em Lisarb, ser eleito "O Homem Ilegal do Ano" era uma súbita honraria, ao passo que seguir a regra era uma prova de estupidez e um traço de inferioridade social.

Um colega indiano, o brâmane dr. Appaparui, perguntou, no seu inglês perfeito, se não havia alguma consciência de crime, de tabu ou de pecado no país.

"Claro que sim!", respondeu Buttercage. "As normas da casa, da família e da amizade são sagradas e cegamente seguidas. Em Lisarb há extrema sensibilidade no que diz respeito aos preceitos das relações pessoais, a ponto de um negócio ou cargo ser perdido se o sujeito não souber usar a dose certa de puxa-saquismo diante de um potentado ou de milionário. Mas, em compensação, quando se trata do mundo público, vale o que eles chamam de 'o mais intenso jogo democrático', um jogo baseado no lema: se eu não roubar, alguém vai fazê-lo. Ademais, aquele que rouba no (e do) governo para sua família, para seu partido ou para sua cidade ou região, é francamente perdoado. É isso que provavelmente justifica a roubalheira pública e a ausência de ética como um valor naquele sistema."

"Afora isso", continuou Buttercage, "só futebol promove essa mesma perspicácia ética. Lá, os comentaristas esportivos monitoram implacavelmente a atuação dos juízes de futebol, mas ninguém sabe quem são os magistrados de seus *barrios*. Vivendo numa sociedade não somente desigual, mas que se acredita como incorrigivelmente injusta, pois para eles, Lisarb não tem solução dentro de uma ordem legal e igualitária e somente mudaria de modo autoritário, sob a regência de uma pessoa certa, o futebol aparece como uma atividade onde, afinal, existe justiça. Se eles sabem que os criminosos serão todos soltos, pois não há a menor possibilidade de puni-los (principalmente porque eles mesmos não acreditam em punição e, no fundo, veem os criminosos como heróis), no futebol, punições severas são exigidas. O que é crença e indiferença de um lado transforma-se em exigência e rigor do outro. Sem o futebol não haveria ideal de justiça em Lisarb."

E por aí foi o colega, mostrando como, em Lisarb, a desobediência legal era um valor: um ato positivo, um gesto revelador de sagacidade no plano social. Por isso a lei era um problema. De um lado, o prazer de romper com a lei; do outro, a consciência de sua necessidade, ao lado da sua mais idiota idealização como solução para todos os problemas.

Terminada a fala, todos protestaram com veemência contra a absurda tese do colega. A teoria era, obviamente, um delírio, e Lisarb, uma invenção. Uma moção para expulsá-lo do grupo foi aprovada – aos berros – por unanimidade.

MACAQUEANDO:
EM TORNO DAS IMITAÇÕES

Uma viagem de meu querido e saudoso tio Marcelino à Argentina marcou minha meninice. Argentina era um modo exagerado de dizer, porque de fato ele havia visitado apenas Buenos Aires, àquela época, a mais cosmopolita das cidades sul-americanas. Com aquele espírito comparativo fácil e ingênuo dos turistas, tio Marcelino retornou sem os presentes prometidos, mas repetindo que Buenos Aires – com seu metrô, com seu povo branco e bem vestido, com suas amplas avenidas e lojas abertas noite afora – era, de fato, uma cidade; ao passo que o Rio não passava de uma roça. Ficou impressionado com a urbanidade das pessoas e trouxe uma lembrança que ficou como uma bela fantasia para o menino que desenhava o projeto de conhecer o mundo. Era a descrição das famílias portenhas comendo tranquilas e gorditas (era bom ser gordo ou, como se dizia, "forte" naquele tempo) em restaurantes pela meia-noite, enquanto, aqui no Brasil, jantava-se soturnamente em casa (de pijamas) ao entardecer. Quando é que ia chegar a minha vez de ir a um restaurante daqueles? Pensava eu sonhando com Buenos Aires...

No meio de tanto arrebatamento, entretanto, veio com ele a descoberta amarga do modo pelo qual os brasileiros eram vistos pelos bem vestidos e arrogantes argentinos. Lá, éramos mulatos inferiores, pernósticos e, consonantemente com isso, invariavelmente classificados como "macaquitos": meros imitadores e copiadores de coisas alheias.

Não vou fazer um apanhado dessa simiesca visada sobre o Brasil que, diga-se logo, foi também usada pelo Oliveira Vianna de *Pequenos estudos de psicologia social* (em 1923!), com aquela angustiante certeza absoluta que caracteriza seus escritos sobre nossa sociedade. Menos do que fazer um apanhado das gavetas ideológicas onde o Brasil é eventualmente guardado, meu intento é explorar um qualificativo que penso ser importante como marca do nosso país e que talvez esteja no centro da imensa crise que vivemos.

Pois, ao contrário dos que concordam com Oliveira Vianna, eu afirmo que imitar não é apenas bom, mas é algo essencial e profundamente humano. Deixando de lado as sutilezas entre o imitar como algo externo (e, portanto, tipicamente superficial e macaqueador) e o copiar como um ato mais reflexivo e necessariamente mais sério, penso que é melhor ser um povo copiador, uma sociedade que quer ser como a França, a Inglaterra, a Itália, a Grécia clássica e os Estados Unidos dos filmes de Frank Capra do que ser um sistema cuja autossuficiência dispensa considerar qualquer coisa externa.

Minha formação antropológica, descentrada do europeísmo filosófico que toma Platão e Kant como o início e o fim de todo o pensamento humano, me diz que não há sociedade livre de ter feito algum arremedo, de ter parodiado – sob pena de criar o carnavalesco quando pensava estar escrevendo alta filosofia ou grande literatura – algum outro sistema. Enganam-se os que acreditam no isolamento humano. Erraram os construtores de muralhas, muros e cortinas de ferro. Mesmo as comunidades supostamente mais isoladas vieram de algum lugar e sabem da existência de formas alternativas de viver que as ameaçam e apavoram, mas que também despertam a sua inveja e estimulam a sua imaginação ideológica.

Entre os indígenas Apinayé, do antigo estado de Goiás, ouvi muitas histórias de tribos fabulosas (como as dos Kupen-dyeb; os homens-morcego) e muitas observações sobre as diferenças entre os brasileiros e os *kupen* (os estrangeiros) que viviam em sua volta e outros grupos tribais (como os Krahó, os Krikati e os Kayapó) com quem mantinham elos de vizinhança semelhantes aos que sustentamos com os nossos "hermanitos" latino-americanos.

Descobri, por exemplo, que os Apinayé consideravam os brasileiros selvagens no que dizia respeito ao casamento. Não porque fossem poligâmicos, mas porque sendo tão monógamos como nós, não viam a necessidade de chegar à barbaridade de bater ou matar a esposa em caso de adultério, como era comum entre os brasileiros do sertão. Impossível, diziam abertamente, ter monogamia sem casos de adultério, o que revelava simultaneamente a dificuldade e a beleza de manter a regra como um ideal. Ideal perdido, sem dúvida, mas que valia a pena perseguir. Em relação aos Kayapó, eram enfáticos sobre seus maus modos: "Mijam em plena aldeia sem se importar com os outros", diziam alguns Apinayé indignados; mas, em compensação, tinham uma valentia a ser imitada. Sobre a tribo dos homens-morcego, um povo híbrido e ambíguo, metade homem, metade bicho, exprimiam um misto de admiração e repulsa, mas remarcavam como eles lhes haviam ensinado a fazer pipoca e a produzir alguns dos seus mais belos festivais. Tal como a onça lhes dera o fogo e a Mulher-Estrela as artes agrícolas.

Raro o povo que se sente autóctone em relação à totalidade dos seus valores. O arranjo é sempre local, mas todos combinam com maior ou menor imaginação, inteligência e, sobretudo, com cotas variáveis de realismo o que vem de fora, o que foi roubado ou trocado com estrangeiros reais ou imaginários – vistos como ferozes, atrasados, idiotas, sovinas e repulsivos.

MACAQUEANDO: EM TORNO DAS IMITAÇÕES (II)

Não há sociedade que não tenha macaqueado algo de alguma outra. Tirando o seu óbvio lado preconceituoso e racista, esse macaquear equivale a roubar esperta e malandramente algo valioso, como fez Prometeu roubando o fogo dos deuses. E – agora falando "sério" – também os ingleses, levando as sementes da seringueira amazônica para a Malásia; os paradoxalmente inimitáveis japoneses, arremedando com refinamento a tecnologia de um Ocidente que se pensava superior, imbatível e inatingível – justamente porque julgava-se inimitável. Ou nós, brasileiros, arrebatando o *football* dos ingleses, supostamente superiores e originais, quando transformamos o jogo duro e seco do "pé na bola" na arte malandra e cheia de graça e jogo de cintura da "bola no pé".

O problema não é imitar, mas honrar a imitação, levando-a a sério. O que não deve acontecer é a importação do valor ou da instituição, digamos, da democracia e da igualdade, como um mero artefato capaz de satisfazer suas elites e, com isso, racionalizar um processo de mudança a ser adiado ou hipocritamente adotado para "inglês ver", como tem ocorrido neste país.

Tudo tem consequências na vida social. As imitações, como os amores, os filhos, as profissões, o que se diz e escreve, as religiões e os credos, têm implicações. São as famosas "práticas" ou a tal "práxis" que os marxistas pronunciam como o outro lado da teoria, despertando em nós, ignorantes do stalinismo, do maoísmo e do fidelismo aquele enlevo mágico por uma doutrina que iria transformar definitivamente o mundo.

Hoje, parece que vivemos o fim de uma longa e preciosa era de imitações. A globalização, desidealizando tudo, não deixa pedra sobre pedra. Sabemos demais e não temos o que imitar, exceto honrar aquela dimensão paradoxal das cópias, que é fazer com que a coisa ou instituição imitada funcione.

O discurso do passado tinha muito que ver com as famosas ausências que marcavam o nosso desenvolvimento (por isso mesmo chamado de "subdesenvolvimento"). Como suprimir o "sub"? Fácil, diziam os entendidos: imitando o que faziam os ingleses, os alemães, os americanos e, é claro, os planos quinquenais soviéticos.

E assim temos feito. Macaqueamos o parlamentarismo inglês no Império e o liberalismo americano na República. Só que, na cópia, há o borrão, o lápis sem ponta e a mão às vezes tosca do copiador, que vê o que imita inevitavelmente a seu modo. Daí o "poder moderador", o "coronelismo" e o messianismo semifascista como partes das nossas modernizações políticas. Ademais, o problema de todo macaquear é saber até onde e quando se deve levar a cópia. Pois a facilidade da adoção superficial e para "inglês ver" da coisa feita permite supor que o problema foi resolvido pelo fato de que sua solução foi copiada e está impressa em forma da lei. Outro problema é saber até onde vamos continuar imitando, porque num mundo menor sabemos mais do que no passado e, com isso, perdemos nossa ingênua capacidade de repetir que os franceses são civilizados, os ingleses fleumáticos, os americanos justos e que o regime soviético foi uma experiência maravilhosa. As viagens liquidaram nossa capacidade de idealizar o outro e, pela velha dialética dos elos entre teoria e prática, de demonizar o que é nosso.

Hoje, resta a sensação um tanto deprimente de que cumprimos com honra o ciclo das imitações. A tarefa que nos aflige e exaspera é fazer com as imitações adotadas funcionem. Há uma desconfiança terrível no ar: a de que podemos fazer com que o Brasil seja eficiente e funcione de verdade. Basta que nossas imitações façam aqui o que fazem lá fora. Isso vale para a política, com seus parlamentos corruptos e urnas eletrônicas à prova de mensalão; para as cortes supremas, com suas becas, seu linguajar secreto, sua busca de fidalguia e seus invejáveis, ultramodernos e democráticos computadores; para os órgãos de segurança, com sua proverbial ineficiência e seu tradicional banditismo, tocados a carros modernos e sistema de comunicação informatizado; e, finalmente, para as administrações absolutamente paralisadas diante de seu gigantesco aparato imitativo. Em vez de pensar o Estado somente como um instrumento destinado a redimir o mundo, devemos pensá-lo *também* como um conjunto de redes gerenciais que devem ao povo um mínimo de eficiência e respeito pelos impostos que pagam. Copiamos as instituições, mas nos esquecemos de imitar a sua eficiência. Essa é a maior questão da modernidade nacional.

Imitamos tanto a tal "América" que, hoje, não há mais ninguém que ainda pense que o povo não tem o direito de ter "satisfação garantida ou o seu dinheiro de volta". Um *slogan* de uma pioneira loja de departamento inventado nos Estados Unidos de antigamente, é claro, e presente nas mentes e corações de todo brasileiro que quer de volta, senão o dinheiro (sempre roubado), pelo o menos o voto.

ESFERA PÚBLICA E MENDACIDADE

Os weberianos ensinam que é preciso ver os eventos sociais pelo seu lado inesperado, tirando do pedestal da idealização certos valores sem, entretanto, cair no desespero, no cinismo ou na mendacidade. Esse estranho fruto que abunda na política nacional e que este governo (que não teria dois pesos e medidas; que não roubaria e deixaria roubar) cultiva com tanto gosto e vocação.

Max Weber desvenda o elo entre o espírito do capitalismo e a ética protestante, quando mostra uma afinidade desconhecida e, deveras, inesperada entre o ascetismo de uma religião que se despia de todo o fausto exterior (o protestantismo na sua variante puritana) e a desmedida ambição do materialismo capitalista que admite e ama esse fausto. De fato, o que Weber faz no seu famoso ensaio "A ética protestante e o espírito do capitalismo" é desvendar uma surpreendente reviravolta entre a vontade condenada de ganhar dinheiro adoidado, e como fazer isso de modo metódico e legítimo, com os dois pés fincados neste mundo.

Dizendo de outro modo, os puritanos e os calvinistas queriam uma vida simples e austera e foi exatamente essa motivação que produziu os ingredientes básicos do sistema (ou o "espírito") capitalista pela poupança, pelo uso consciencioso do lucro, pela adoção de uma moralidade igualitária que atuava dentro deste mundo que, afinal, poderia deixar de ser um vale de lágrimas desde que fosse melhor conhecido e explorado.

Moral da história: os puritanos queriam criar uma Nova Jerusalém e inventaram Harvard e Wall Street. Liquidaram a sabedoria e o luxo aristocráticos, mas no seu lugar colocaram tecnologia a serviço da ideia de conforto ao alcance de todos.

A descoberta desses efeitos inesperados é um dos ensinamentos mais marcantes do pensamento alemão, esse modo de ver o mundo que, desde o romantismo, voltou-se para a crítica das receitas racionais e das fórmulas feitas, abrindo caminho para as eternas repetições, para os símbolos e tendências não-revelados e para o conceito revolucionário de inconsciente com seus desejos ocultos e sua gramática de mascaramentos e recalques.

Nós controlamos as coisas e temos "poder" sobre elas, mas nossa visão desse controle é sempre limitada por nossos motivos e pelas consequências inesperadas ou imprevistas do seu uso. Luiz Buñuel, o genial diretor de cinema espanhol, revela isso em muitos dos seus filmes, partindo de uma vertente freudiana. Na história de Viridiana, por exemplo, ele mostra com chocante nitidez como o afã da heroína de ajudar os pobrezinhos de sua aldeia acaba por promover a mais lamentável e imoral desfaçatez e mendacidade por parte dos recipientes da caridade. Todos conhecemos o velho ditado segundo o qual "boas intenções não fazem boa literatura". Pois nem toda bondade produz apenas efeitos positivos, como revela *Viridiana*. A caridade pode ser também um modo de fugir do mundo e de si mesmo; o zelo pelos pobres e destituídos pode ser uma máscara para permanecer no poder; o gosto pela ordem e pela lei pode esconder um desejo onipotente de controle, como se vê recorrentemente nas sociedades que se pensam como certinhas e seguidores das normas explícitas.

No Brasil, temos muitos exemplos desses efeitos inesperados das ações sociais. Alguns são tragicômicos, como a ditadura militar, que veio para liquidar comunistas e corruptos e acabou por promover um caldo de cultura fundado na mendacidade que até hoje não conseguimos superar, enquanto o comunismo que comia criancinhas sumiu no vigor da cultura liberal cujo espírito, como viu Weber, devora as ideologias e cospe uma consciência aguda de responsabilidade perante o trabalhador, a sociedade, os consumidores e, por último, mas não por fim, o planeta!

Uma das chaves para entender nossa trivial mendacidade é examinar a crença inabalável que existe no Brasil no mundo oficial e na esfera pública como um instrumento potencial (e real) de correção da sociedade. Nossa bestificação diante de certos eventos históricos que, em todo lugar, causaram espanto, interesse e promoveram reações de temor ou esperança tem a ver com o fato de que a sociedade não foi preparada para aquilo que se passava na esfera pública. Proclamamos a República numa sociedade não republicana; do mesmo modo que libertamos os escravos sem preparar a sociedade para transformar os ex-libertos em cidadãos livres. Muito pelo contrário, sem escolas ou qualquer ajuda governamental (o governo indenizou os seus donos!!!), os ex-escravos transformaram-se em dependentes da caridade e do clientelismo dos seus antigos senhores.

Pela mesma lógica dos efeitos inesperados das ações sociais, tem sido do governo petista do presidente Lula a missão de consolidar o Brasil como uma sociedade de mercado, como um país mundialmente competitivo sem, entretanto, desdenhar de seus projetos sociais. Só quem se ressente dessa lógica de transparência e dessa ética capitalista tem sido o próprio governo e a esfera da "política" que até agora não compreendeu o elo essencial entre racionalidade, transparência e sucesso produtivo.

CUIDAR OU GOVERNAR?

Para Gilberto Velho, pela sugestão.

Presidentes governam, demagogos cuidam; administradores decidem, populistas prometem e adiam; os amantes cuidam, os cônjuges governam; filhos são cuidados, sobrinhos governados; para os amigos e correligionários (sobretudo os aloprados), a parcialidade singular do afago – esse irmão do cuidado; para os inimigos, a dura imparcialidade do governo (que, quando quer, trata a todos como sujeitos à lei e ao mercado); o rei, o senhor feudal e o coronelão (de direita e, agora, de esquerda) cuidam; presidentes liberais (essa expressão que, no Brasil, suja a boca) governam; o administrador governa, o patrão cuida; o pai (que ainda exige mesa posta e roupa passada) governa, a mãe (culpada, porque trabalha muito) cuida; sexo é governo, amor é cuidado (ou seria o contrário?) – o Jabor decide; o ricardão cuida, o corno governa; comer sanduíche é governar, compartilhar uma feijoada é cuidar; cheque é governo, dinheiro vivo na cueca é cuidado; polícia rodoviária parada é puro cuidado. Votamos em quem nos governa; trocamos favores com quem nos dá a mão e cuida do que precisamos.

Governar inclui; cuidar exclui. Governar requer transparência: é coisa da rua; já o cuidar – realizado com a ética da casa – busca o plano B e o segredo. Quem cuida hierarquiza o mundo entre dois públicos: o interno (que é nosso) e o externo (o deles) – daí o nepotismo ou o aparelhamento; o apadrinhamento partidário. Para quem governa, os adversários são fonte de aperfeiçoamento e de legitimidade; quem cuida só tem inimigos mortais ou despeitados que desejam o seu fim. Cuidar é buscar culpados (que nada têm a ver com o governo); governar é assumir, dirigir, corrigir e enfrentar. No Brasil deste final de 2006, os administradores públicos custaram a assumir que governar não é desculpar-se ou omitir-se; mas é responder, reagir e apontar publicamente soluções – menos para a população e muito mais para os bandidos! Cuidar é tomar posse e esquecer as promessas; governar é lembrar-se delas.

Cuidar é administrar exclusivamente para um pedaço da cidade; governar é fazer como os bandidos, que dominam sem distinguir credo, cor ou posição social. Hoje, no Brasil, o crime, como o mais flagrante instrumento de igualdade, governa. Já o governo, que deveria tomar medidas contra ele... Bem, o governo cuida dos seus e de si (aumentando suas mordomias, salários e outros benefícios, próprios do cuidar). Nós, no meio do tiroteio, sujeitos a morrer de ônibus, pois o transporte público transformou-se num estigma, somos devidamente governados. Os diretores de presídio, delegados de polícia, secretários de segurança, ministros e excelências em geral são cuidados. A cidade partida do Zuenir Ventura vê-se finalmente integrada pelo governo paralelo dos bandidos. Governar é saber quem é bandido e quem é polícia; cuidar é misturar os dois porque "os salários são baixos", "a vida é dura" e "ninguém é de ferro"...

Quem governa diz: "Eu assumo e vou resolver!", "A responsabilidade é minha!"; "Quem cuida, fala "é ilegal, e daí?!". O cuidar conduz à interrogação que omite; o governar, à exclamação indignada que encaminha soluções. No clima de barbárie que tomou conta do Rio de Janeiro e obrigou a – finalmente – botar a polícia na rua, tomamos consciência de que tudo está de pernas para o ar. Pois se, para os que cuidam, a presença da polícia, finalmente policiando, é algo nobre e excepcional, revelador do seu árduo trabalho, para a população, essa presença apenas sugere o que deveria ser. O que se entende como emergência no (des)cuidado Rio de Janeiro deste final de 2006 é considerado estado normal da polícia em outras cidades, noutros países.

Cuidar é governar mais para os companheiros e para os pobres; governar é administrar para todos os cidadãos, inclusive os pobres; cuidar é assumir a política como mendacidade, aceitando imoralmente que ela, por definição, seja uma prática imoral. Num sistema que cuida, as penitenciárias se transformam num misto de hotel de luxo e pensão barata, onde os hóspedes, tratados como mais ou menos importantes, montam poderosas centrais do crime. Tal como o afastamento do mundo permite aos monges repensá-lo com mais acuidade, os bandidos presos tramam, com muito mais eficiência, os crimes que praticam de dentro de suas "celas". No regime do cuidar, a prisão tornou o crime – eis o tamanho do monstro – mais eficaz.

O governar vira cuidar quando o diretor, o chefe, o ministro e o presidente salvam os compadres e, por isso, são imediatamente eximidos de toda e qualquer responsabilidade. No cuidar, livramos logo o patrão que, como um pai ou um deus, carinhosamente toma conta de nós. Como mudar uma sociedade dominada pelo credo do "eu não sabia"? Um sistema cujo axioma do poder exime de responsabilidade quem ocupa as posições mais altas, próprias dos que cuidam do povo e dos pobres? Como domesticar a ética do "eu não sabia" se o sujeito é eleito precisamente por ela?

Eu não tenho dúvida de que o tão procurado encontro iluminista entre a Razão e a Fé, a Utopia e o Bom senso, a Justiça e a Compaixão passa, no Brasil, pelo diálogo entre o Cuidar e o Governar.

UMA HISTÓRIA DO DIABO

O mundo público nacional produz uma certa familiaridade com o Demônio. Seria Satanás o responsável pela nossa recorrente incapacidade de vencer a corrupção? Ou, pecadores irremissíveis, estaríamos já em pleno Inferno pensando que vivemos no tal Brasil abençoado por Deus e bonito por natureza? De onde, afinal, vem essa sina de sermos um país indiscutivelmente, e por quaisquer critérios, campeão de políticos pactuados com o Diabo, como temos a desventura de testemunhar diariamente?

Numa versão baiana do Fausto, contada em dias de chuva por minha tia Amália Carolina Leopoldina Araponga da Matta, o Demo é convocado por um estudante pobre que ambicionava dinheiro e prestígio. O tal "sucesso" que tanto nos fascina, quando arranca uns poucos escolhidos da pobreza, da invisibilidade moral e de um cruel anonimato e os transforma em artistas, ministros, banqueiros, empresários e, sobretudo, em "políticos" de grande valia, indizível honestidade, inestimável riqueza e formidável êxito.

Como esquecer a fórmula convocatória de Lúcifer?

À meia-noite em ponto de uma sexta-feira 13, o estudante chama o Rei do Mal invocando por três vezes o seu nome. Numa nuvem estrondosa de enxofre, ele surge na forma de um senhor elegante: o cabelo cuidadosamente brilhantinado, roupas de grife e, no pulso esquerdo, um esmeraldo Rolex de ouro maciço *à la* bicheiro-filantropo. Na porta da rua, seu BMW dourado o aguarda com o motor ligado. Tem no bolso direito a caneta das nomeações que usa para seus projetos.

"Em troca de fama, cargos ou fortuna, preciso apenas de sua alma", diz com voz melíflua de galã de novela. Em seguida, tira do bolso uma lâmina com a qual faz uma incisão no pulso esquerdo de ambos. Os sangues se misturam, formando a tinta com a qual o estudante transfere ou concede a franquia, como se diz hoje em dia, de sua alma ao Diabo.

Assinado o papel, Satanás cumpre sua parte, dando ao jovem uma carteira da qual saem sem cessar euros e dólares. Rico, o estudante compra de tudo, substituindo o direito pelo desejo. Pena que no dia de sua morte siga sem apelo para o Inferno. Recentemente, dei com uma outra versão dessa história.

Agora, não era mais um estudante quem convocava o Diabo, mas um conhecido senador da República, fundador de mais um partido destinado a salvar o povo brasileiro da exploração e da miséria. Daí, justamente, o motivo nobre da tentativa.

Na hora propícia, o senador chama pelo Diabo, mas o Tinhoso não vem. Cansado de apelar, o senador decide tomar – já pensando numa emenda que irá favorecer um primo-irmão do tio de sua mulher – um Johnnie Walker Blue Label, mimo de uma das suas empreiteiras preferidas, quando o Rei das Trevas apareceu.

– Comprar a sua alma, meu caro Senador? Ledo engano. Aqui estou somente para saborear o uísque. A alma de parlamentares não é mais negociável. Hoje, o Inferno é um espaço dominado pela competitividade neoliberal que vocês – patrimonialistas convictos – tanto odeiam. Fique sabendo Vossa Excelência, nobre defensor do povo e dos aflitos, que atualmente o Averno é muito diferente do vosso Congresso Nacional e demais repartições públicas. Trata-se de um lugar de respeito, onde as fornalhas são acesas na hora certa, não se fazem greves covardes, o combustível jamais é adulterado, não há alianças espúrias com empreiteiras, os funcionários todos chegam na hora certa e – eis o ponto que vocês, congressistas e brasileiros, jamais conseguem entender – todos seguem as regras!

– Seguir regras? Mas isso é humanamente impossível!

– Mas, diabolicamente, é o caso! – reafirma o Demo dando uma boa talagada no Blue Label. Entre os demônios, sabe-se que sem um mínimo de ordem, de separação entre coisas e pessoas, de uma proibição modesta aqui e ali, o velho e necessário Inferno, do qual sou o atual presidente eleito, estaria impedido de cumprir suas nobres funções.

– ???!!!

– Pois é, neste outro mundo imaginado pela crônica – continua o velho Satã –, mundo muito mais real do que essas infindáveis notícias das tramoias que fazem parte do vosso vergonhoso cotidiano, sabemos que sem um mínino de honra e respeito o Inferno seria mesmo um Inferno. E o Diabo – isso mesmo, eu, o Rei do Mal – seria simplesmente mais um desgraçado brasileiro. Mais um ser sem esperança e espírito, exceto o de lucrar, o de tirar partido de tudo, o de legalizar a desonestidade e de trair a confiança dos outros.

– Mas vem cá, Capeta, e Deus? Afinal, vocês são ou não são contra Ele?

– É claro. Continuamos na velha oposição ao Senhor. Mas ser contra não é trair. Não é ser desonesto ou mendaz. O adversário é necessário para que a ordem seja mantida. Nossa preocupação com o Brasil é que vocês perderam o sentido dos limites e das normas. Estão correndo o risco de viver algo muito pior que o Inferno.

– Os "outros", como dizia Sartre? Arriscou o senador, lembrando-se de um livro de sociologia.

– Não, Sartre não sabia de nada. O verdadeiro Inferno não são os outros, mas o caos. Esse caos que vocês estão conhecendo tão bem – respondeu o Demônio, sumindo num arroto de enxofre.

DECOLAGEM E CONTRADIÇÕES:
A VISÃO DE FORA

Nas vésperas de um rito eleitoral decisivo, recorri ao meu mentor e amigo, o professor Richard Moneygrand, eminente brasilianista que, do seu austero escritório, localizado naqueles prédios falsamente góticos (mas sem goteiras) de uma milionária universidade americana, reflete incessantemente, a custo de um belo salário, excelentes bibliotecas e muito uísque e sofrimento sobre os nossos problemas.

Perguntei, pois, ao mestre que, sendo estrangeiro, sabe tudo sobre as nossas ideias fora do lugar, por que o Lula tem tanta aprovação quando, com o mensalão e o dossiê, seu governo foi responsável pelo virtual aniquilamento do partido que o elegeu e, pior que isso, pela banalização da desonestidade política, quando vários dos seus magnatas foram acusados de uma série de crimes que o PT, concebido como um partido para transformar o Brasil, cometeu? Onde está a fonte desta preferência que salva(va) o presidente, mas condena todos os "políticos", de acordo com a lógica do nosso realismo conspiratório e descrente?

Eis a resposta de Moneygrand:

"Sua pergunta remete à reação dos republicanos antigos (não esses "republicanos" de duas medidas do PT) diante da "revolta de Canudos" (1896-97) no sertão da Bahia. Canudos era incompreensível porque significava a recusa de uma cidadania a ser recebida de braços abertos por todos os brasileiros. Sem atinar com as mediações que atuam junto dos vários segmentos da sociedade, como os controles locais, a miséria e, sobretudo, o sistema de crenças, os republicanos de 1889 cometiam um erro de avaliação porque entendiam que todos os habitantes do Brasil eram como eles: positivistas, conhecedores das chaves da história e desejosos de uma sociedade baseada em regras universais.

"Guardando as devidas proporções porque, como dizia Weber, fazer sociologia é exagerar, é preciso lembrar que os brasileiros são desiguais. Sei que você não vai gostar muito do que vou mencionar, mas o governo Lula sabe tirar partido de um acentuado declínio da desigualdade. É certo que esse declínio começou com o Plano Real, mas para os que recebem ajuda direta do governo – evidentemente ampliada neste período eleitoral –, essas mudanças sustentam a convicção de que o Lula ainda é o Lula. O fato concreto é que a pobreza é uma indignidade para o Brasil. Agora, convenhamos: essa mensagem antifome e pobreza de origem 'esquerdista-cristã' do governo Lula tem o seu equivalente no lado 'liberal'? Essa é uma questão fundamental para a conciliação entre mercado, competição e o desenvolvimento de um sociedade igualitária no Brasil.

"Curioso e como que a provar o princípio weberiano das consequências não previstas das ações sociais (pois muitas vezes as coisas saem ao contrário e uma ética religiosa sóbria conduz à liberação do ambicioso espírito do capitalismo), o principal herdeiro do Plano Real, chamado pelo PT de 'herança maldita', tem sido o próprio Lula. Como o PSDB não quis tirar partido simbólico da estabilidade monetária, quem dela tem se aproveitado é o candidato-presidente. Num sinal, aliás, de que o Brasil vive uma etapa marcada pela irreversibilidade de certas políticas públicas. Lula não logrou acabar com o liberalismo do plano real. Mas assumiu com o tisnado do velho populismo personalista a 'herança maldita' e diz que desenha um capitalismo para os pobres. A classe média está aturdida. Como, pergunta-se, os pobres não querem a ética como um valor? Esquecem-se de que ela própria, como toda a sociedade, jamais cogitou muito disso no mundo real dos arranjos partidários e do 'jogo do poder' como vocês dizem no Brasil. Se todo político é mesmo corrupto e se poucos defendem a política como um instrumento de dignidade social, como não salvar o Lula-presidente do mar de lama? Se, no Brasil, a desonestidade é generalizada e seguir as leis é uma prova de burrice ou coisa pior, como tomar a ética explodida no mensalão e no dossiê como um marco de diferenciação político-moral, se todos sempre viveram na base do gato e da insinceridade como valor? "Neste sentido, porém, há esperança. Pois os escândalos mostram que cometer falcatruas numa sociedade marcada por interesses divergentes, informatizada e com imprensa livre é muito arriscado. Eles têm também liquidado certas teses da esquerda brasileira segundo as quais o mercado e a moeda seriam perfumarias, quando o que se nota é o elo virtuoso entre uma política monetária sóbria e a diminuição real da desigualdade. Finalmente, há a descoberta, um tanto estarrecida, de que não se pode mesmo ter uma economia fundada na competição e no uso parcimonioso e responsável do dinheiro público com prestação de contas ao eleitor-cidadão ao lado de um sistema político desregrado e dependente de avaliações de gangues que operam dentro dos palácios, protegidas pela condescendência dos seus patrões. Essa dualidade de éticas – uma para os meus 'meninos' e outra para os meus eleitores – acabou no Brasil. É pelo menos isso, parece-me", termina meu mentor, "que vai ser decidido neste domingo."

III – CRÔNICAS DO DIA A DIA

PRE (VISÕES)

Enquanto não entramos em 2007, jogo os meus búzios, corto o meu tarô, consulto os oráculos e coleciono mensagens de um copo animado pelos desencarnados. A neblina que paira sobre o mundo, entretanto, é resistente. As técnicas divinatórias são lamparinas de azeite diante da densidade da névoa trazida pelo século XXI. Para quem foi, como eu, um leitor embalado pelo otimismo progressista e pela engenhosidade utilitária de Julio Verne, o século XXI era o futuro. Tudo o que vi, li e me foi prometido iria ocorrer no famoso milênio. Daí o medo do terrível "De mil passarás, mas a dois mil não chegarás!", que ouvi de uma professora religiosa e severa, moto que esvaziava, no seu pessimismo milenarista, as grandes promessas do novo século.

Mas o tempo passou, as crises da Terceira Guerra Mundial se desfizeram; em vez de um mundo socialista, como previam as cartilhas, o que aconteceu foi um tremendo desmascaramento orweliano do 1984; desmanchou-se a União Soviética; caiu o Muro de Berlim. E, no final das contas, quem deu um formato inesperado ao planeta foi uma imprevista globalização financeira tocada a consumismo fanático ao lado de um messianismo islâmico igualmente não antecipado. Tudo isso tendo como cenário o maior dado deste mágico 2007: o palpável risco de destruição do planeta.

Para quem imaginava o século XXI como o marco das utopias, como o momento em que as doenças, a pobreza, o fanatismo e até mesmo a morte seriam finalmente derrotados, esses cruzamentos computarizados de extrema pobreza, extremada violência, doença e fome na África, no Haiti e no Brasil, com obesa abundância e consumismo desenfreado nos Estados Unidos e na Europa ocidental, assombram.

Quem teria sido capaz de prever essa embrulhada brasileira de uma vida urbana afinal majoritária, mas sem a menor segurança e civilidade? Quem poderia antever esse nosso mundo inflado de atrações mas, ao mesmo tempo, assolado pela incúria administrativa e pela mendacidade política como valor? Se o século XX acabou com Deus, como é que hoje vivemos tantas guerras religiosas? Como é que a previsão de um século XXI paradisíaco terminou nessa enorme lista de violência, de conflitos insolúveis e de tanta dor, perda e sofrimento?

Cá estamos diante do novo século e o que aparece diante de nós é o mais desolador prognóstico de destruição.

O bicho-homem, a espécie sem especificidade porque destituída de natureza, de programa geral e de instinto; o macaco nu – onívoro, inventor da roda, da música, da piedade e da bomba atômica – começou ceifando o mato em torno de suas cabanas e, tendo construído a "aldeia global", vai liquidando o planeta por meio de uma exploração impiedosa de todos os seus domínios. A Terra deixou de ser mãe generosa para ser a propriedade privada de estados-nacionais e de companhias multinacionais. Enfim, o senhor do mundo, aquele que vivia à mercê dos deuses e que foi feito à imagem e semelhança do seu Criador conseguiu, viva, liberar-se de si mesmo. Tudo o que lhe havia tolhido a existência de felicidade individual foi colocado entre aspas. Livre para amar tanto o caos quanto a ordem, o senhor do mundo vai finalmente consumar seu maior feito: a destruição do próprio planeta. Do nicho onde vive, da terra-mãe que o sustentou e o viu nascer, do cenário onde desempenhou tantos papéis, lutou tantas batalhas, gozou e sofreu em tantas realizações, viveu e morreu em tantas tragédias.

O que os oráculos anunciam neste início de século XXI não é simplesmente que o "político X vai morrer", que quem é de Touro vai ter um grande ano ou que a Mariazinha vai encontrar um grande amor. É, puxa vida, o fim do planeta!

Graças ao consumismo estabelecido como religião, a nave na qual ele tem navegado pelo infinito do universo está sucumbindo. E como que para aumentar sua glória e abrilhantar, como uma valsa de Strauss, sua capacidade destrutiva, o fim do planeta não resulta de um conflito lógico entre blocos representativos do Bem ou do Mal, da Liberdade e da Submissão, ou do "nosso" Deus e do "deles". Resulta precisamente da hegemonia da parte sobre o todo, dos atores sobre a peça, do padre sobre a missa, da palavra sobre o texto.

* * *

Corta para o ano 27777 e.c (vinte e sete mil, setecentos e setenta e sete da Era do Consumo).

O bicho-homem não morreu. Salvou-se do planeta que destruiu numa imigração que levou os mais ricos e os mais corretos – os desenvolvimentistas, os consumistas, os acumuladores, os planejadores (e eu quase digo, os economistas) para outros mundos. Primeiro colonizaram alguns planetas do seu sistema solar, depois invadiram mundos em outros sistemas.

Hoje, neste glorioso ano mágico de vinte e sete mil setecentos e setenta e sete e.c, estamos todos orgulhosos de termos inventado planetas-lixo, luas-esgoto, asteroides-latrinas, e sóis exauridos de calor e de luz. Pois em todos os lugares por onde passamos, deixamos, em nome da lei, da ética, do mercado, do progresso, da revolução, da justiça, da política, de Deus, da pátria e do povo um rastro inigualável de morte e destruição. Ao fim e ao cabo, sabemos, as estrelas surgem e fenecem, e até os deuses nascem e morrem, mas só o bicho-homem, com seu glorioso e inabalável pendor destrutivo, continua a reinar absoluto pelos séculos e séculos, amém.

AMOR, ÉTICA
E SOCIEDADE

Para nós, ocidentais e modernos, fundadores de uma civilização centrada no individualismo, no utilitarismo, no mercado e no dinheiro, sempre foi mais fácil refletir sobre o ódio, a fragmentação, a discórdia, a guerra e o conflito, do que sobre a solidariedade e o amor. São tão abundantes as teorias que explicam a sociedade a partir das mais cruéis emoções individuais, como o egoísmo, a avareza, o medo e o desejo de aumentar as riquezas, quanto são escassas as reflexões da humanidade a partir da solidariedade. Temos volumes sobre a guerra – que, para nós, é uma arte –, mas carecemos de teorias que expliquem o altruísmo, o *beau geste*, o desprendimento e o amor. Como resultado, refletimos muito mais sobre os sentimentos individuais, que de certo modo confirmam a nossa visão do homem como lobo do homem e como um ser destinado ao conflito, do que a respeito das emoções que necessariamente obrigam a pensar a totalidade. Com isso, fazemos do amor e da solidariedade um mistério e um paradoxo. O egoísmo produz uma conduta previsível (e racional), engendrando dinheiro e poder. Mas o patriotismo e a honra produzem ações onde as pessoas, irracional e paradoxalmente, se esquecem – o que produz poesia, elogios, surpresas e medalhas...

Realmente, toda a teoria moderna da chamada "ciência social", de Maquiavel a Adam Smith, de Marx a Hayek, conta uma história na qual emoções tidas como fundamentais – o egoísmo, o medo, a lealdade, a confiança e o prazer (em geral fardado de desejo) – esculpem as ações e a razão humanas. São emoções tão fortes e autoevidentes que acabam fundando a sociedade, – entidade que surge como uma consequência –, espécie de hóspede não convidado das paixões que, ganhando consciência de sua destrutividade, transformam-se em pecado, tabu, interesses levando consigo as leis, a civilidade e o Estado. Ou seja: todas essas teorias são uma variação do adágio mandevilliano segundo o qual os vícios privados criam benefícios públicos.

Ora, tais teorias foram excepcionalmente efetivas porque realizam duas coisas. Primeiro, instituíram o indivíduo (e suas supostas paixões) no centro da reflexão sobre a Humanidade. Depois, porque dispensaram o ensinamento escolástico que privilegiava a totalidade e falava de coisas relacionais como a obediência, a dívida e, naturalmente, a solidariedade. Dispensando Deus e a Igreja, a modernidade reprimiu também a reciprocidade e, com isso, uma visão social do mundo. Agora não era a sociedade que constituía as pessoas, mas eram os indivíduos que inventavam a sociedade.

Nesse sentido, somos certamente a primeira civilização que transformou a ética e a religião numa questão de mercado e de civismo. Fundamos, com Rousseau, uma "religião cívica", e com Adam Smith, uma "ética do mercado". Com isso liberamos os homens dos seus velhos elos de obrigações uns para com os outros; ou pelo menos pensamos que assim o fizemos. Até que a irracionalidade, na forma dos fascismos, dos regimes militares, das revoltas, do colapso financeiro e da violência urbana viessem bater em nossas portas. Tais fenômenos, que escapam da racionalidade trivial das teorias psicológicas que informam a lógica do mercado, obrigam a pensar a presença de uma realidade maior do que as paixões individuais, pois o que certamente se ouve nesses casos é o grito da sociedade.

O fato, porém, é que há na teoria social moderna uma amnésia significativa em relação a esses fenômenos que hoje surgem com surpreendente vigor, como é o caso da solidariedade. Sua ausência da nossa reflexão mais trivial é dominante – sobretudo aquela que permeia a ciência econômica, disciplina de vigência fundamental, posto que ela própria é poder –, é sintomática de uma civilização centrada no indivíduo e impotente para pensar-se a si mesma como coletividade. Como conjunto orgânico e relativamente integrado de pessoas e de papéis sociais que se complementam e têm obrigações mútuas.

Não se pode pensar a solidariedade sem levar a sério a sociedade. Para tanto, temos que tomar o atalho antropológico das propostas de Durkheim e, sobretudo, de Mauss, senão estaremos condenados a falar da solidariedade como um outro mandamento moral ou, o que é muito pior e bem brasileiro, como moda!

Pois falar em solidariedade implica transcender a visão da sociedade como constituída de indivíduos solidamente envolvidos consigo mesmos, para falar de duas ou mais pessoas que se complementam e se sabem dependentes entre si. Neste sentido, substituímos o todo-poderoso indivíduo por homens e mulheres comuns que reconhecem viverem de uma tradição recebida dos seus ancestrais. Se escrevo, tenho que ser solidário com as regras do português; antes do conflito é preciso haver um acordo básico que conduz à discórdia.

Assim, Marcel Mauss, autor de uma das poucas teorias da solidariedade, diz – em oposição à reflexão contratualista – que a sociedade não é um resultado, mas é o centro mesmo da humanidade. Os homens dialogam e trocam. Trocam com os deuses, trocam entre si, trocam com a natureza. A troca exige imagens e representações. Exige e é, ela própria, código e mensagem. Mas o centro da troca, o seu elemento principal, é o fato de que existe, a despeito dos interesses em ganhar sempre, limites para as dádivas. O dar e o receber não são atos espontâneos ou naturais que acabam criando o mercado, como julgavam os contratualistas. Ao contrário, o mais elementar ato de dar (e de receber) já implica uma complexa moldura institucional e já subentende a existência da totalidade. Só os homens trocam. E as trocas implicam três movimentos ou etapas. Recebo um presente, mas sou obrigado a reciprocá-lo. E quem recebe de volta alguma coisa amplia o ciclo, dando outra coisa em retorno. Assim, as dádivas vão e voltam, como um gigantesco pêndulo, exprimindo nos seus movimentos regulares e generosos o próprio tecido social. Anos depois, Lévi-Strauss ampliou essa visão, propondo que todas as sociedades podiam ser vistas como sistemas de comunicação. Toda sociedade seria um dispositivo para trocar bens e serviços, o que resultava na economia; um conjunto de normas para trocar homens e mulheres através do casamento (o que resultava na reprodução do sistema como tal), e era também um mecanismo de troca de mensagens, o que se fazia pela linguagem articulada e resultava nos sistemas simbólicos que garantiam a identidade, a mitologia, os rituais e os sentimentos de tragédia e comédia, próprios da Humanidade.

São essas cadeias de obrigações mútuas que a sociedade capitalista moderna pretendeu esquecer. Sua forte presença, porém, é sempre lembrada nas sociedades em desenvolvimento. Pois aí estão, ao lado das maravilhas do "primeiro mundo" (o nome já remete a uma teoria das trocas), os conflitos étnicos, as guerras religiosas, a violência urbana e, no nosso caso, a chamada corrupção em todos os níveis. Mas o que é essa corrupção que nos desanima enquanto nação, senão a presença da velha regra do "dar-e-do-receber" que todo político brasileiro tem como seu primeiro mandamento?

Para falar em solidariedade, então, é preciso refazer nossa visão de mundo. É preciso voltar a pensar novamente a sociedade como algo relacional. É necessário admitir que ela não é o resultado da domesticação das paixões humanas, mas que tem exigências singulares. Como entidade feita de elos complementares, a sociedade nos ensina que o pobre de hoje não pode ser pensado nem como o revolucionário, nem como o rico de amanhã, como queriam os teóricos clássicos do capitalismo. Muito pelo contrário, ele é o outro lado do rico (como, aliás, sabem os moradores das periferias). O velho não é somente um sujeito que foi jovem, ele é também um complemento da juventude. A mulher não é apenas um homem de segunda classe, ela é o centro de uma experiência que complementa e inventa o masculino.

Retomar a visão solidária do mundo é redescobrir que o amor ao próximo não é uma baboseira cristã, mas é, de fato, uma grande e precisa descoberta sociológica. A maior de todas. Pois se homens podem representar-se a si mesmos como seres em conflito, o conflito não significa necessariamente a ausência de obrigações mútuas. E ter obrigações mútuas é estar consciente de que vivemos nas nossas vidas individuais todas as vidas dos que nos antecederam e daqueles que virão depois de nós.

A visão solidária do mundo é difícil porque implica lermos a nós mesmos também como partes menores de um todo. No fundo, somos meros repassadores de dádivas (e de dívidas) que se perdem na noite dos tempos. Somos igualmente elos de uma cadeia infinita de bondade e não apenas soldadinhos de chumbo de uma infindável luta de classes.

CRÔNICAS DA VIDA E DA MORTE   *187*

OS EFEITOS SOCIAIS
DO NEOLIBERALISMO

Nada no mundo ocorre ao acaso, dizem os pensadores tribais e arcaicos. Na grande maioria das culturas tribais ou pré-modernas não há fatos naturais, mas apenas fatos morais. Se um sujeito arrebenta o pé numa topada, a ferida inflama e o mata, todos aceitam – como ensinou um antropólogo genial, E. E. Evans-Pritchard, nos anos 1930 – que a topada, é óbvio, é a causa imediata e indiscutível da ferida, mas o fato daquela pessoa ter dado aquele fatal tropeço é obra de um feitiço feito por seus inimigos. Os acidentes nos atingem por acaso, mas somos vitimados por obra de algum malefício. Tal teoria não difere muito das ideias conspiratórias, esse apanágio dos radicalismos modernos, nos quais existem sempre motivos e forças ocultas por trás das causas próximas.

A resistência ao acaso ou, como dizia Lévi-Strauss, a incompatibilidade de raiz entre o evento e a estrutura significa que o conjunto de regras e instituições que gerenciam uma dada sociedade leva sempre a melhor.

Quantos de nós, etnólogos, não testemunhamos a lealdade de grupos tribais aos seus valores tradicionais mesmo quando corriam o risco de desaparecer? Entre o mudar e o permanecer, há um espaço complexo, ainda que todas as cartilhas apontem para uma direção indiscutível.

Quando clamamos por mudanças radicais, quase sempre assumimos a perspectiva dos sepulcros caiados e, com o rabo de fora, julgamos os fatos e realizamos as críticas como se fôssemos estrangeiros. Fácil falar e se indignar com o "como deveria ser", que, na realidade, faz parte da própria questão ou problema. Disso faz prova a nossa imensa sensibilidade para com os elos que ligam gente dentro e fora do poder, e a nossa grosseira insensibilidade para o bom senso capaz de prevenir desonestidades ou falcatruas dos governantes. Assim, acusamos mais os intermediários do que os mandantes e, no processo, deixamos inteiramente de fora os gerentes da administração pública que, por sua vez, acusam conosco o sistema. Com isso, de acusação em acusação, vamos blindando a nossa impermeabilidade para a mudança.

Não deve ser, pois, ao acaso, que repetimos o nosso imutável destino de negatividades, dizendo que "não temos mesmo jeito!" e que o "Brasil não tem conserto". O teorema da imutabilidade revela não só a necessidade imperiosa da mudança, que pode chegar ou não, mas indica que as mudanças mais efetivas chegam devagarzinho, mostrando timidamente as unhas bem tratadas antes de revelar suas feias garras.

Nesta nossa América Latina, o neoliberalismo tem sido um provocador de reações. Dir-se-ia mesmo que tem sido o maior fator de mudança de nossa história, pois, com ele, a obediência às regras do mercado e da estabilidade monetária é um horrível limitador do poder do Estado, cujos governos, embora o usem como fiador eleitoral, tratam-no com conhecida ambiguidade, tachando-o ora de "herança maldita" ora de um apêndice do imperialismo de Washington.

O fato concreto, entretanto, é que a institucionalização do mercado tem três consequências: a) a simplicidade das regras de governabilidade; b) a demanda de uma intolerável eficiência; e c) a possibilidade de desnudar os ralos do sistema. Com todos os seus defeitos, o neoliberalismo aproximou – graças à OK estabilidade da moeda – povo e Estado. Ora, esse tirar do governo as razões que o povo desconhecia é o que chamo de "moinho satânico do mundo liberal". Aliado a uma imprensa livre, ele tem levado toda sorte de problemas para os "donos do poder" na justa expressão do grande Raimundo Faoro (é ético citar os descobridores). Entre eles, a independência do Banco Central, as ações da Polícia Federal, que indicia até a família do presidente, e a de uma imprensa que usa a transparência de uma "cultura do mercado" para levantar tabus. O maior deles, no momento, é o de forçar um senador a provar que é rico. Algo detestável para uma classe cujo emblema maior é de renunciante do mundo e de modestos amigos do povo sofrido e pobre deste país.

Finalmente, essa liberdade requerida pelo mercado permite enxergar a coerção autoritária em seu nascedouro. De um Chávez que fecha canais de televisão até um PT e de um Lula que, quando tratam de banalizar a agressão do presidente venezuelano à democracia liberal, começam a desenhar os primeiros filhotes de rinocerontes e gorilas que, espera-se, não cheguem a crescer e proliferar como já ocorreu neste nosso país.

DE NOVO, AS OLIMPÍADAS

Com os Jogos Olímpicos chegam as questões que infestam a nossa consciência realista, que acredita em soluções definitivas e, pretendendo não ter recalques, é sempre perseguida pelos seus hóspedes não convidados. No caso o "político", a "economia" e o fato irrefutável que há países mais ricos e poderosos que outros. Num ensaio de 1987 (e retomado no livro *A bola corre mais que os homens*) baseado nos Jogos Olímpicos de Los Angeles, de 1984, discuto essa dialética entre o coletivo e o individual, o mundial e o local que os jogos salientam. Numa modernidade que ainda acasala mercado com políticos que "cuidam" do povo, odeia a competição e o sucesso e ama a hierarquia, os jogos – como todas as experiências sociais baseadas na proposta de construir um mundo governado pelas normas esportivas – não escapam das acusações reducionistas pelas quais, lá no fundo, tudo (arte, religião e, agora, o esporte) serve a alguma outra coisa. De fato, não é muito fácil num planeta assolado por conflitos encontrar o tal "espírito olímpico". Mas, como diria o Conselheiro Acácio, não é justamente para isso que existe essa metáfora idealizada na guerra, dramatizada pelos jogos?!

O espírito olímpico não fala de abrir mão da vontade de vencer. O seu é o de competir sem ser exclusivamente possuído pela vitória a qualquer preço. Na guerra ou no terrorismo, o único objetivo é destruir o inimigo. No esporte, porém, os adversários não podem ser eliminados. Ao contrário da guerra, o confronto esportivo demanda o respeito pelo outro para que a vitória, advinda da competição, possa se legitimar. Começar e terminar com o outro é o centro do esporte. Na guerra, ocorre o justo oposto: um lado engloba e destrói o outro.

Esse ideal de preservar o adversário surge com força nos jogos. Neles, o explícito respeito às regras promove a consciência de um momento ideal a ser construído pelo esporte. Não fosse esse sonho, não estaríamos dizendo que tudo é, no fundo, grana ou poder! Se as amizades podem ser vistas como ligadas a motivos secretos, se as preces mais lacrimosas estariam de fato seduzindo os deuses, quem foi que disse que o altruísmo esportivo realmente existe num sistema que, por meio do esporte, vende automóveis, bebidas e outras coisas "inocentes" como, por exemplo, movimentos e regimes políticos?

No advento das olimpíadas modernas, em Berlim, em 1936, tentou-se colocar o esporte a serviço do Estado nazista. Ali aconteceu a primeira tentativa de contaminação direta do esportivo pelo político. O discurso de abertura de Adolf Hitler, no qual ele salientava que "o esporte alemão tem apenas uma tarefa, o fortalecimento do caráter do povo alemão", e o filme *Olympia*, de Leni Riefenstahl, são a prova viva da glorificação de uma perspectiva racista, numa competição capaz de revelar cabalmente a superioridade definitiva da "Raça Ariana".

Mas o esporte, construído pelas improbabilidades da competição, arruinou o projeto totalitário. Jesse Owens, um atleta americano negro, parte de um equipe de atletismo marcadamente negra para os padrões americanos da época, foi o grande herói olímpico, mostrando que tudo na vida social tem um lado oculto, imprevisto ou não planejado. Ele não somente ganhou quatro medalhas de ouro, mas estabeleceu um extraordinário recorde numa prova central de todos os jogos: a corrida dos 100 metros rasos. Owens era um dos sete filhos pobres de uma família de negros nascidos no Alabama e criados em Cleveland, Ohio, numa América duramente segregada. Trabalhou como entregador e sapateiro, mas, numa escola pública, teve a sorte de encontrar um treinador sensível ao seu talento. Dedicado e devidamente treinado, esse menino que não podia entrar nos espaços excluídos para os negros de Ohio tornou-se campeão nacional e mundial de corrida rasa e salto em distância.

Não fosse a universalidade do sistema escolar americano, ainda que realizada dentro do terrível regime do "iguais, mas separados", Jesse Owens não teria sido descoberto. Não fosse a competição aberta, típica do mercado, sem quotas para negros, índios, marcianos ou brancos, ele não teria sido incluído no time olímpico; e se não fosse o espírito olímpico que manda competir ombro a ombro, igualitariamente, esse campeão não teria posto aquela pulga que até hoje incomoda os racistas e o sectários: o que conta mesmo é a competência; essa história de raça superior – esse papo de pai (e mãe) do povo – não passa de balela... Mas ainda há uma última reviravolta. Owens, que na sua democrática América vivia confinado por leis raciais, pois só podia frequentar restaurantes, banheiros, escolas e clubes reservados "para negros", podia, na Berlim das hierarquias nazistas e onde foi aclamado como herói olímpico, ir a restaurantes e bares durante os jogos! É claro que ele não foi cumprimentado por Hitler, mas tampouco foi recebido por Roosevelt, o presidente democrata de seu país!

Digam-me, caros leitores, onde é que existem coisas puras, a não ser nos nossos valores e ideais? Nas regras (e nos sonhos) que, eventualmente, governam nossas vidas. Essas receitas que, justamente por serem ideais – como o tal "espírito olímpico" – têm que ser perseguidas em toda disputa tanto quanto a sinceridade, o bom senso e a igualdade numa democracia?

POR QUE GOSTAMOS DE FUTEBOL?

As respostas mais óbvias têm tudo a ver com a tese do "futebol, ópio do povo" na transposição mecânica (para não dizer burra) da famosa frase do velho Marx produzida no ensaio *Uma contribuição à critica da filosofia do direito de Hegel*, trabalho escrito nos idos de 1844. Nada mais adequado, neste momento grandioso de recordações globais e cosmopolitas patrocinadas pela Copa do Mundo, do que lembrar o pensamento original. Nele, diz Karl Marx: "O sofrimento religioso é simultaneamente uma expressão do sofrimento real e um protesto contra este sofrimento. A religião é o suspiro da criatura oprimida, o coração de um mundo sem coração e a alma de condições desalmadas. É o ópio do povo."

Ou seja, a religião (esse modo transcendental de ler o mundo, vendo-o como uma totalidade que abrange este mundo e o outro, o presente e a eternidade, o paraíso e o mundo real) é um modo de lidar com o sofrimento humano. Ela canaliza o sofrimento, ao mesmo tempo que realiza um protesto contra ele. Dando ao mundo, com suas desgraças, explorações e indiferença – com a sua brutal continuidade –, um coração e uma alma, a religião faculta uma forma de entendimento dos eventos mais perturbadores, como os acidentes e as catástrofes, a morte súbita, a doença das crianças, o triunfo dos bandidos, dos ditadores e dos crápulas.

A religião é um ópio porque, adormecendo a consciência, opera como um anteparo – um oásis – para a permanente dor promovida pela consciência humana do ser humano. Claro que Marx não vê na religião uma forma alternativa de conhecimento; claro que ele não enxerga o código religioso como um outro

modo de resgatar o sentido contido na indiferença do tempo e da vida.
  Contra um mundo sem sentido, eis que surgem os "ópios". Entre eles, os momentos rituais onde os seres humanos congregam-se para fazer face aos poderes superiores das trevas da loucura, da falta de sentido e do caos. Daquilo que subverte e inutiliza a ordem humana. Essa ordem que tanto custa para montar, mas que se desfaz com tanta facilidade.
  Eis a primeira e pomposa resposta. Gostamos do futebol porque ele é um escudo contra as mais diversas indiferenças. É um gol contra o sofrimento. É um chute na perda, na invisibilidade social que compartimentaliza e anula os denominadores comuns. Com isso ele junta países ricos e teoricamente "resolvidos" com os povos pobres agora reconhecidos como adversários. Pois se na guerra os combatentes destroem suas relações, no futebol o "outro" se transforma no adversário com o qual se estabelece um elo básico, às vezes estrutural. O que seria do Flamengo sem o Fluminense e da Argentina sem o Brasil? O futebol e as Copas colocam de ponta-cabeça, como revelo em *A bola corre mais que os homens*, uma ordem mundial fundada na economia e na política.
  Gostamos do futebol porque ele é o ópio positivo do mundo. De um lado, amortece o real; mas, de outro, inventa uma realidade ainda mais aguda, penetrante e bela. A dos estádios inaugurais com seu campos verdejantes. Esses templos da ordem onde as pessoas como cidadãs de seus países lidos e vividos como times experimentam a mais plena igualdade. Um pequeno, humilde e *soi disant* atrasado país da America Central – faz gols em potências mundiais que inventaram um conceito de civilização fundado no afastamento da natureza e dos impulsos naturais, que devem ser sublimados e "civilizados". O futebol dá um pontapé na frescura dos punhos de renda. Ele engendra seus códigos.
  Gostamos do futebol porque ele nos faz comer com a mãos (digo, com os pés) o oponente. Gostamos do futebol porque o seu narcótico nos obriga ao confronto com nossas possibilidades positivas, essas sim, totalmente alienadas de nós mesmos. Gostamos do futebol porque no seu campo as pessoas perdem, mas não morrem; ganham mas não se eternizam no poder. Gostamos

do futebol porque, ao contrário do mundo social onde vivemos, os faltosos recebem cartões vermelhos e são expulsos de campo. Nele, as infrações são visíveis e a punição chega com um apito imediato. O faltoso não tem *habeas corpus* para mentir porque no futebol não há Supremo Tribunal Federal. Seus juízes usam o mesmo uniforme dos jogadores e a torcida os confronta democraticamente.

Gostamos do futebol porque entre a lei e sua aplicação existe apenas o espaço de um apito. Todo mundo sabe o que é certo e errado no futebol, que dispensa – daí o nosso amor – interpretações e disquisições jurídicas, pomposas e ininteligíveis. No futebol, a impunidade é exceção. O formal não se confunde com o legal. O erro e a surpresa são a norma. A sorte existe. E o azar também.

Se a política é previsível, e quando não é, inventamos os mensalões, no futebol o jogo é a própria imagem da incerteza no início da partida – embora, no final, seja a mais acabada expressão de fatalidade e destino.

Gostamos do futebol porque ele transforma corpos em almas e almas em corpos. Porque ele deixa escapar um amor desabrido e descarado ao Brasil do tambor e da bandeira. Um amor negado durante todo o ano e que, dizem os intelectuais de plantão, não cabe bem por ser sinal de basbaquice e de babaquice. Gostamos do futebol, enfim, porque ele faz chover verde e amarelo nas ruas mais pobres de nossas cidades. E obriga a classe média e as elites desconfiadas do amor e da entrega a desfraldar bandeiras nacionais.

QUE TIME É TEU? OU O ETERNO RETORNO DO FUTEBOL

O mês vai fechando com dois eventos. As punições bárbaras que acentuam o abismo entre a eficiência do mercado e o personalismo que dirige a mais absoluta inoperância das instituições públicas tradicionais, como o governo estadual e o Exército. E o encontro com um filme ancestral: o retorno das teses mais arcaicas (e, por isso mesmo, sempre presentes), sobre o destino do "nosso" futebol: deste "jogo" que, a despeito de nossos vaticínios mais pessimistas, passou de pobre a rico e de marginal a campeão absoluto do mundo.

Meus netos forçaram minha volta ao futebol. Eles têm me permitido um fenômeno raro. Seguir, no melhor estilo antropológico da observação-participante, nesse modo paradoxal de examinar a vida social – pois quem participa enxerga, mas não vê; e quem observa vê, mas não enxerga –, a importância fundamental do "futebol" como esporte, jogo, metáfora de identidade e da vida tal como concebemos essas coisas na nossa sociedade. E também, e sobretudo, como instituição cultural crítica na construção da masculinidade no Brasil.

Faço essa afirmativa tranquilamente porque tenho netas que acompanham os jogos, mas não se integram ao "futebol" como elemento englobador e agenciador de comportamentos, coisa que ocorre com os meninos, que além de gostarem do jogo e de "terem" times, praticam o "futebol" como um "jogo de botão" e como jogadores.

Vejo nos meus netos, sobretudo no Eduardo e no Jerônimo, o gosto pelo futebol por meio, primeiro, de um "time" de sua eleição e, em seguida, pela fantástica (e pouco estudada) descoberta do "futebol de botão", que proporciona a experiência de ser a um só tempo jogador circunscrito às regras, torcedor onipotente, técnico com capacidade para realizar todas as substituições, patrão absoluto do plantel e, em algumas circunstâncias, Deus!

"Que time é teu?", perguntam todos os brasileiros aos seus conhecidos, na gozação de uma ambiguidade fonética que transforma a pergunta num sonoro: "Quem te meteu?" A resposta para a pergunta-armadilha, sugestiva de uma feminização que não tem lugar no campo do machismo nacional, é: "Primeiro time é meu, segundo t'meteu!"

Ter um time é virar rolha para "meter no outro" a derrota que, na brasilidade malandra que marca a nossa paisagem cultural, significa "comer" ou englobar hierarquicamente o adversário que conosco está intimamente relacionado. Daí a metafísica rodriguiana do Fla x Flu, que teria começado na Bíblia, com a oposição entre Caim e Abel. Pois, no Brasil, os adversários não são seres autônomos e desconhecidos, como nos faroestes de John Wayne, mas são opostos e complementares hierárquicos como a mão direita e a mão esquerda. Cada qual tendo sua hora e sua vez (como mostram Machado de Assis e Guimarães Rosa) de saírem vencedores. Em Machado, o mundo é do patriarcado ciente de sua masculinidade, até que uma mulher lhe corte os cabelos e assim seja o elemento englobador da situação. Há, logo aprendemos, momentos do Fla e do Flu. Ambos necessários para o nosso reconhecimento do mundo.

À escolha do time sucede a descoberta de uma lealdade pessoal, emocionalmente tonificada que dribla a impessoalidade da dimensão jurídica e política do clube, colocando em plano exclusivo seus emblemas concretos e, com eles, seus figurantes: os jogadores que o encarnam. Quando menino, o Fluminense era o Orlando (o "pingo de ouro tricolor", como o chamava o grande Oduvaldo Cozzi). Eis uma dimensão fundamental do sistema social brasileiro, um sistema que tudo reduz à escala palpável das pessoas (e dos compadres), de modo que o Estado vira governo de Sicrano ou Fulano; a economia vira o Banco X ou Y; os clubes são times; e os times, jogadores. Esse estilo caracteriza o Brasil. O time de nossa escolha é o receptor de nossa primeira lealdade.

Nenhum brasileiro que se preza muda de time. Em contraste com os políticos que, de modo amoral, fazem discursos de acordo com as torcidas e mudam de partido pelo bem do povo, o torcedor sabe que só pode ser povo por meio do fato de "ser" de um time. Por isso, ele não é um espectador, como os ingleses, mas um torcedor que mata e morre (dá ou come) durante uma partida. A relação com o time é absoluta e mais visceral. É, como mostra minha obra, uma visão da vida, ao mesmo tempo que é um método de criar o "outro" num mundo idealmente feito de parentes e amigos.

Quando eu, Fluminense, descobri que papai era Flamengo, transformei meu genitor num "outro". Num estranho ou vizinho. Como é que meu pai podia ser deste time de fanáticos, de pretos e pobres e não pertencer automaticamente ao "meu" tricolor, tantas vezes campeão e cheio de classe e nobreza?

Patrões do futebol mundial, sofremos com o risco de não disputarmos uma Copa do Mundo. A coisa é impensável, mas se futebol é um talento que nos foi dado na criação do mundo, existe também o destino e, pior que isso, o acaso, ambos constitutivos da estrutura do "jogo" de futebol.

Como fazer com que o provável e o determinado fiquem do nosso lado, eis a questão que o futebol traz de volta. Eis um tema central na construção de nossa identidade.

O FUTEBOL E SEUS HÓSPEDES NÃO CONVIDADOS

Antigamente era *football*. A pronúncia caprichada em inglês oxioniano ou americano, exibindo os graus de sofisticação de quem falava. Numa novidade chamada de *field* atuavam os *goelkeepers*, os *backs*, os *halfbacks* e os *centerforwards*. Nos seus limites, os *teams* disputavam, cometendo *fouls*, *penalties* e *corners*. A seleção era chamada de *scracth*, e as regras faziam-se presentes por meio da denúncia explícita dos faltosos (uma inovação excitante) e de um estridente e desconhecido *whistle* (apito), que tinha o poder de interromper a corrente avassaladora da partida (*match*), que, entre nós, logo virou jogo.

A atividade era inglesa e com ela chegava aquilo que ninguém controla ou segura quando adota alguma coisa de fora: os seus retalhos e interstícios, os seus balangandãs; a tralha que lhe pertencia, mas que não era percebida. Os hóspedes não convidados que o desejo de ter, de fazer ou de usar esconde ou deixa para depois.

Tudo na vida segue, em princípio, essas normas. Com o maravilhoso beijo na boca pode vir a paixão destrutiva; a moça tímida ("incapaz de matar uma mosca") transforma-se na esposa autoritária; o colega amável, no intrigante interesseiro e egoísta.

Esses resíduos, que os antropólogos se esmeravam em compreender, eram os pontos críticos do estudo da difusão de itens culturais entre sociedades. Um desses velhos mestres me contou que viu índios usando pedaços de alumínio de um avião que havia caído na sua terra como enfeites de grande prestígio. O grande Claude Lévi-Strauss fala do chefe nambiquara que toma o caderno de campo do observador e nele rabisca garatujas, pondo a seu lado o prestígio do ato de escrever. Um dos exemplos mais dramáticos desses penduricalhos não convidados é o do melífluo catequista que veste seus índios desavergonhados e, meses depois, voltando à aldeia, depara-se com um punhado de gente maltrapilha e repulsiva em seus andrajos nauseabundos. O santo missionário compreende, então, que as roupas têm relações. Elas são casadas com outras roupas e com agulha e linha de costura, com a arte de costurar e remendar, com casas e botões, com uma poderosa e gigantesca indústria do sabão e com hábitos kafkianos e bem demarcados de limpeza, obviamente desconhecidos daquela tribo. A vergonha, a inocência e o pudor estão ligados, num plano complexo e insuspeito, a um intrincado modo de fazer e usar que unia triviais peças de vestimenta e valores morais abstratos, invisíveis e sagrados. A vergonha que exige trajes, descobriu frei Modernocêncio, prescreve também ciclópicos universos de tecidos, costuras e hábitos de higiene relativos ao uso dos trajes.

O rádio de pilhas, como sabemos, pressupõe (que porre!) pilhas e, pior que isso, uma estação transmissora. Todo mundo sabe como a televisão no Brasil foi instalada com a nobre presença da poderosa estação e com uma carência de aparelhos receptores. Nada em sociedade vem ou chega só. Como os pingos de chuva, cada item chega com suas nuvens, suas trovoadas e seus ventos que embaçam o céu azul.

Machado de Assis, travestido no Cônego Vargas, produz uma variante seminal dos problemas que chegam com a adoção da democracia e do mercado eleitoral na Sereníssima República das aranhas que com ele falavam. Pois um sistema democrático implica eleição, e o sufrágio – como uma competição e um jogo – determina urnas, votos e, eis o que as aranhas não esperavam, normas e, pior que isso, a obrigação de honrá-las e obedecer-lhes.

O futebol é um dos melhores exemplos de tudo o que chega com a adoção de um traço cultural estrangeiro. Não foi por acaso que se fez uma campanha contra ele. Era como se seus inimigos tivessem a premonição dessas dimensões laterais que o futebol irradia.

Primeiro, o fascínio com um objeto intrigante e fora do lugar num mundo enquadrado por um código burguês linear que odeia curvas, retornos, quiques e repetições: *the ball*. Bola que não serve para nada e que, na sua misteriosa autorreferência e contenção, salta de um lado para o outro, rodopia e nada diz. Bola que nasce murcha, mas que uma vez cheia do ar da vida, sopro sacrossanto que imita sem saber o gesto bíblico da criação humana, faz como nós. Engorda, engravida e, redonda e leve e cheia de seu próprio fôlego, nasce de si mesma num parto impossível e fica ali parada, o olho grande vendo todos os lados, pedindo a vida de um chute, pelo amor de Deus... Que emoção essa de ver pela primeira vez na vida uma bola e com ela experimentar a transmissão de uma energia que promove o combate entre a intencionalidade do jogador e a dos desejos ocultos da bola. Quem não se lembra do "eu queria que ela entrasse no gol, mas, infelizmente, ela bateu no vidro da janela!"? Quem não queria jogá-la aqui e viu, decepcionado, que ela voou pra lá? Quem não correu atrás dela como um possesso e vislumbrou o seu rolar cada vez mais acelerado, como de um planeta que escapa para uma outra galáxia? A bola correndo sempre mais ou menos que nós? Sempre rodopiando e indo para onde não queremos, MAS (coisa maravilhosa) também indo para onde desejamos?

O FUTEBOL E SEUS HÓSPEDES NÃO CONVIDADOS (II)

Ao redor da bola, surgem os jogadores, que precisam conduzi-la para o gol do adversário. É tudo muito simples até descobrirmos o paradoxo: a bola não tem divisões ou partidos. Pior: os times não têm cada qual uma bola, como gostariam os políticos brasileiros mais safados e sectários. Ela é (como um cargo eleitoral) um objeto exclusivo, situando-se exatamente entre os dois *teams* que a querem controlar e têm um mesmo projeto: metê-la dentro das traves um do outro. É essa estrutura abertamente competitiva, marcada pela angústia do perder ou vencer, que inventa a arte de enganar o adversário com aquilo que os ingleses chamam de *dribble* e nós, brasileiros, de *drible*. A finta, que é a marca registrada no nosso "futebol-arte" porque começou a ser feita com todo o corpo, que diz que vai e não vai – como dizia Vinicius de Moraes, assim como não vai, não vem.

Mas se o *goal* do brinquedo é meter a bola dentro do gol do adversário, nem por isso – como pensa o desonesto realismo político nacional – se pode realizar tal objetivo de qualquer modo. A base da disputa é querer vencer, mas esse triunfo, diz o futebol, exprimindo num outro código o velho liberalismo político inglês, só pode ser legítimo se estiver de acordo com certas normas claras e precisas. Dentro do caldo individualista que o criou, o futebol (como a economia e a política), se torna possível porque ele também adota a transparência como o ponto focal de sua legitimidade. Se para ganhar o reino dos céus, se para vencer na vida e na política, as regras são nítidas e por todos conhecidas, como instituiu a modernidade, o jogo de futebol, embora seja um brinquedo, tem um hóspede não convidado de primeiríssima classe: um conjunto de normas que todos conhecem.

Desse acordo (ou contrato), nasce um outro hóspede igualmente não convidado: o *whistle* (apito), que, controlado por alguém que não joga, mas está no jogo, domina o campo com sua estridência autoritária, demandando obediência e respeito absolutos pelas regras do jogo. Reza a fábula que o primeiro jogo de futebol em que se usou um apito ocorreu entre o Nottingham Forest e o Sheffield Norfolk, em 1878. Vale, ainda, apontar que o apito foi inventado por um tal de Joseph Hudson para a polícia metropolitana de Londres, aquela invejável força de segurança que assopra em vez de dar tiros.

O que mais me fascina nos esportes em geral, e no futebol em particular, o que mais chama minha atenção no caso da canibalização do futebol pela sociedade brasileira (mas não por suas elites estatizantes e políticas, que o odeiam, muito menos por seus intelectuais orgânicos, que pensam que ele é um ópio do povo, pois quanto pior melhor...), é essa predisposição de honrar normas fixas e implacáveis que governa o jogo. Quer dizer: foi justamente na sociedade que se acreditava incapaz de organizar-se e de seguir qualquer regra, pois o Brasil era o reino da anarquia, que o futebol fez maior sucesso e tornou-se o elemento lúdico mais popular como um esporte consagrado pelas massas. O governo e o Estado, os políticos e os ideólogos de plantão, com suas miopias e burrices, sua arrogante estupidez histórica e sua crença nas fórmulas feitas, foram incapazes de perceber aquilo que vinha com o futebol, mas que o futebol não mostrava. Refiro-me, é lógico, ao hóspede não convidado da igualdade, esse construtor da mais profunda experiência liberal-democrática: a vivência do melhor como vencedor, e da vitória como algo necessariamente transitório. A ideia de que o adversário (com quem se disputa em nome de algo maior) não é um inimigo (a ser devidamente eliminado), como querem os sectários de todos os matizes, mas hóspede que nos obriga a honrar tanto as esperanças de vitória quanto a dura vivência da derrota, como está ocorrendo neste momento.

O PÚBLICO E O PRIVADO

Quando, num ato público, um chefe de Estado declara guerra, todos são atingidos. As ruas se enchem de patriotismo enquanto as casas abarrotam-se de sombria preocupação, pois serão as famílias que, no nível concreto, farão a guerra vestidas com a bandeira nacional. Assinado o decreto, um país produtor de bons vinhos ou de belas óperas, um lugar onde se tem amigos, amores e até parentes passa a ser, além de estrangeiro, inimigo. De agora em diante, é preciso transformar meninos desobedientes que querem viver em soldados-militantes submissos, dispostos a morrer.

O que mais me comoveu no filme *O resgate do soldado Ryan*, de Steven Spielberg, não foram as cenas de combate, mas o que se segue ao brutal desembarque em Omaha Beach. Ali, as mãos trêmulas – testemunhas do milagre de estar vivo – de um certo capitão Miller conduzem à visão infernal de centenas de mortos oscilando à suave indiferença de uma maré de sangue. Os mortos não são, estão anônimos. Mas um deles revela, na impessoal mochila, sua inevitável e incômoda identidade. É o soldado Ryan. Defunto que nos conduz a uma elegante e enxuta burocracia pública, onde funcionárias impecáveis, munidas de kafkianas máquinas de escrever, datilografam mecanicamente cartas de condolências para os mortos que são prova e, simultaneamente, a desgraçada ponte entre o público (que escreve e decreta) e os que doaram suas vidas pela eternidade da pátria. Enquanto ouvimos o ruído impessoal das teclas, vozes sem emoção dizem coisas como: "Acreditamos que a senhora já tenha sido informada da morte prematura do seu filho"; "Sentimos profundamente a sua perda, ele estava sempre nos encorajando"...

Os obituários são sempre escorreitos na sua tentativa de transformar a infinidade de projetos e emoções dos vivos em fria e esquecida cova pública. Ademais, quem escreve as cartas e fornece as medalhas são as autoridades, forçadas a encarar, impávidas, o absurdo.

Existem três soldados-irmãos Ryan mortos em combate. Por ser avassalador, o número rompe – ao menos na tela – a jaula da burocracia e da política do "eu não tenho nada com isso" e do "eu não sabia".

Alguém verifica que, mesmo numa guerra, é demais perder três filhos. Na cena seguinte, a mãe anônima enxerga, enquanto lava pratos, o carro oficial que liga o público ao privado chegando com a tragédia. Quantos mortos são necessários para romper a jaula burocrática das consequências das coisas oficiais, públicas, que como Estado têm razões que o lado humano não quer conhecer?

II

Em 1945, o presidente Eurico Gaspar Dutra criminalizou o jogo no Brasil. Assinando o decreto nº 6.259 (grupo do jacaré, bicho traiçoeiro), Dutra, numa penada, liquidou legalmente as fezinhas.

O jogo é vício e pecado, mas é também, como os sindicatos, o apadrinhamento, os bancos, os Estados Unidos, a prostituição, a política, o Vaticano etc. – uma coisa complexa. No Brasil, ele atendia ao desejo dos jogadores e dos tubarões, mas também dava emprego a milhares de pessoas.

Num instante, o puritano decreto jogou na sarjeta milhares de trabalhadores. Levaram a breca porque considerou-se que jogar na roleta, nas cartas e no bicho era vício e crime, enquanto jogar na bolsa e na loteria, na Mega-Sena e na Loto é coisa de "esperto" em finanças. Ademais, esse "jogo" é diferente: ele aumenta, dizem, o poder distributivo do Estado. Entre uns e outros, morreu de um ataque cardíaco um vizinho nosso, "seu" Mossoró, porteiro do Cassino Icaraí, fechado por decreto.

III

Entre o nauseado e o curioso, sou constrangido a assistir a mais uma novela deste governo. Agora é a da venda da Varig. É mais um feixe de mendacidades e, sobretudo, de apadrinhamento nos quais os amigos ficam com a razão e os inimigos, com a lei. Em entrevista ao *Jornal do Brasil*, um presidente impoluto declara que tudo estava nas mãos da Justiça. Ele, por suposto, nada podia fazer. Como brasileiro, entendo perfeitamente. Pois quando não quero fazer, entrego às instâncias apropriadas. Nessa triste história da Varig eu tive uma fonte. Ela morreu exatamente como seu Mossoró, em julho, alguns dias depois de uma dessas reuniões de merda na qual a oferta dos funcionários foi resolvida pelo mercado. Minha fonte deixou mulher, três filhos e perdeu duas décadas de fundo de pensão. Bem disse o juiz Roberto Ayoub que o melhor seria o governo intervir. Mas Lula não moveu uma palha. Não teve com os trabalhadores da Varig a mesma solidariedade companheira que devotou aos sindicalistas. Num caso ele vetou as prestações de contas sindicais; no outro, facilitou sua destruição pelo duopólio aéreo que marca o seu governo. No caso Varig, o governo dos trabalhadores, antimercado e nacionalista, foi mais realista do que um Rockefeller.

Enquanto isso, leio – irônico e atônito – que um americano, liberal e capitalista, governador do Missouri, é contra a venda da cerveja Budweiser para a nossa AmBev!

No andar de cima – do público –, tudo tem motivos técnicos e racionalizações legais. Mas é o andar de baixo – do privado – que sofre as consequências. Quando guerras são declaradas e companhias liquidadas, pessoas desaparecem, os pais preparam lápides e lidam com o irreparável. Mas não se iludam: ninguém se livra da morte e do esquecimento porque anda de elevador.

TROPA DE ELITE
E TROPO DE ELITE

Tropa de elite desperta um "tropo (uma figura) de elite". Corre a opinião de que seria um filme – valha-nos Deus! – fascista e, talvez pior que isso, conservador. Para um certo Brasil, tudo o que desagrada a tropa dos "revoltados contra tudo isso que aí está" cai imediatamente na categoria dos leprosos. Para quem se acha acima da sociedade e detesta examinar as consequências de suas ações, toda leitura complicada e não-ortodoxa de fenômenos complexos – o crime como um valor, a violência e a tortura como método, a politicagem canalha dos fins que justificam os meios e a insinceridade como um estilo de vida –, é geralmente chamado de "fascista".

Foi assim com o filme de Mel Gibson sobre a paixão de Cristo e foi também assim com outros filmes, livros, pessoas e assuntos. Por exemplo: num certo momento, falar de sociedade brasileira buscando suas singularidades e diferenças era "fascista" porque a leitura do sistema por suas instituições sociais e simbólicas seria a plataforma para tudo perdoar ou compreender – no caso, a ditadura militar. Do mesmo modo, tomar o futebol, o Carnaval ou a obra de alguns autores (penso, sobretudo, em Jorge Amado, cujo acervo baiano vai acabar em Harvard, imagine...) como objeto de reflexão era outro interdito. Para alguns, era reacionário admirar a coragem e a integridade esperançosa de um Quincas Berro d'Água; a decidida decisão de não decidir de uma dona Flor entre seus dois maridos. Do mesmo modo, nada mais mistificador do que apreciar a renovação orgiástica do Carnaval. Ter orgulho do futebol tantas vezes campeão do mundo era apoiar a ditadura. Qualquer posicionamento otimista deveria ser substituído pelo mais crasso cinismo, pelo pessimismo mais negro e pela mais profunda desesperança. O mote do "tanto pior, melhor", exprimindo uma esperança às avessas, falava, esplêndida e tragicamente, dessa persistente confusão entre regime político e país, protesto e autoflagelação, cuidado ao se discutir certos assuntos e a sua pura e simples proibição. E, mais complicado do que tudo isso, como vemos neste governo Lula, ser oposição e estar no poder.

No tropo das elites, a arrogância dá voz de prisão não apenas a pessoas e obras – Gilberto Freyre foi por longa data um degredado no mundo acadêmico brasileiro como um famigerado "conservador" –, mas também a assuntos e sentimentos. Gostar do Brasil é, diz esse figurino, um troço, digo, um tropo, babaca. Sem a menor sensibilidade para a dinâmica social, a suposição ainda é a de que só se pode mudar o que está podre ou exaurido; ou o que se odeia. Lendo a sociedade como um pervertido, a esquerda mais burra queria que o Brasil chegasse ao fundo do poço para salvá-lo. Neste sentido, fazer oposição (algo fundamental em qualquer posicionamento democrático) seria ser irremediavelmente do contra. A ausência de limites para a crítica abriu um fosso ético dificultando o reconhecimento de que não se vive sem alguma forma de limite. E, como consequência, de que tudo – até mesmo o poder e o crime – tem um limite, do mesmo modo que a ausência de limites é um terrível limite. Um limite perverso, mas um limite, como estamos cada vez mais conscientes no Brasil. O adágio "é proibido, proibir" é uma tirada alegre mas é também uma triste, autoritária – e "fascista" – proibição.

Lembro-me de que, um dia, no decorrer de uma conferência, falando do poder coercitivo dos hábitos, valores, instituições e normas sociais, terminei – para horror de alguns colegas – declarando-me conservador. Conservador no sentido de reconhecer a força e a inércia dos valores culturais e a dificuldade (mas não a impossibilidade) de corrigir e remendar o que eu percebia como anacrônico ou errado no sistema. Coisas como o machismo, o preconceito de não ter preconceito contra negros, índios e mulheres, contra os velhos e os diferentes. Esses que, no Brasil, chamamos de "esquisitos". Mencionava também o meu respeito ao poder das condescendências que impediam ver os dois lados, as duas medidas e os seus duplos pesos das quais resultava aquela famosa tirada tão em voga na minha juventude: "Eu tenho ciência, você, ideologia!" Tudo isso para dizer que o tropo mais detestável de *Tropa de elite*, um filme de resto um tanto mecânico, com personagens achatados e sob o mais completo controle dos seus criadores, é que ele apresenta a questão dos limites. Seria possível ser um policial honesto numa polícia corrupta? Como combater o crime numa sociedade em que o crime depende de quem o pratica? Seria plausível estar preocupado intelectualmente com o tráfico e ser também um consumidor-traficante? Até onde é razoável estar nos dois lados e jogar nos dois times? Em que medida se pode comungar dos dois mundos e tirar vantagem de tudo, sem ter a menor preocupação com os limites, mesmo quando se está diante da tortura e da morte? Qualquer solução passa, como sugere o filme, pela obrigação de honrar valores e demandas morais. Tropo terrível para a nossa tropa que fala em tudo mudar, desde que as coisas fiquem nos seus lugares.

ALGEMADO

O tema do mês e, talvez, do ano, são as algemas. Proibidas pelo Supremo Tribunal Federal, elas certamente retornarão, naqueles movimentos típicos das brasileiríssimas emendas ou gestos que podem (ou não) melhorar o soneto.

De um ponto de vista estritamente cultural, a limitação ao uso das algemas, exceto em casos em que o acusado ofereça perigo ao agente da lei, dificulta e torna paradoxal o seu uso. Faz com que esse objeto rotineiro das ações policiais modernas seja difícil de ser aplicado, tornando inseguros os agentes da lei e fazendo com que sejam parte somente da vestimenta de criminosos, não mais de acusados. Mas, eis o paradoxo, como saber quem deve levá-las no calor da hora? No momento da terrível e sempre dramática ação repressiva?

No caso do Brasil, elas devem ficar fora da cena, principalmente para os que o povo ignaro chama de "corruptos". Os que cometem crimes contra o erário e a administração pública, porque quem pratica tal tipo de delito é, em geral, um sujeito tranquilo – um negador profissional. Um *gentleman*, senão também um *scholar*, "bom pai de família" ou "intelectual". Agora, com a nova decisão do Supremo, o acusado de ter cometido aqueles 1.500 crimes contra o nosso dinheiro e a nossa inteligência, mas que tem uma vida pacata – uma existência tranquila de rico, entre viagens de recreio em helicópteros para *resorts* e modestas casas de praia e de campo, onde degusta vinhos e come com parcimônia –, fica com as mãos livres do que foi majoritariamente interpretado pelo STF como um exibicionismo da polícia. Ademais, com a decisão vinculante, todos os acusados de crimes contra o erário, essa gente toda bem-nascida, que se lava, que sabe ler e escrever, conhece como poucos a legislação contábil, que têm um nome a zelar, um clã e um partido político para honrar até a morte, ficam finalmente livres da suprema humilhação que os nivelaria aos criminosos comuns. Esses ladrões de galinha, esses míseros batedores de carteira, esses assaltantes de rua. Meros larápios perigosíssimos e dispostos à mais franca violência; vítimas que são de uma sociedade que não lhes dá a menor chance de educação e aperfeiçoamento moral e ético.

Sim, porque sabemos por experiência jurídica e pela leitura dos tratadistas alemães, suíços e italianos que o ladrão barato (sujo, ignorante, descamisado, de aparência lombrosiana) tem que ser imediatamente algemado; mas alguns acusados (que, sendo brancos, banqueiros, políticos de alto nível, ministros e ex-ministros, advogados ou juízes de Direito etc.) merecem, além da prisão especial, que transforma sua cadeia em hotel de pelo menos três estrelas, o benefício da dúvida e a proteção civilizada expressa na Declaração dos Direitos Humanos porque, sendo como nós, ninguém sabe mesmo se são ou não criminosos. A julgar por sua aparência – fala, gestos, postura corporal, modo de sentar e andar, conhecimentos de pessoas, leis e fatos –, são em princípio, por princípio e valor social obviamente inocentes. É claro que ficamos um tanto assustados quando olhamos a lista das acusações e as provas circunstanciais apresentadas pela polícia contra cada um deles. Mas temos que considerar que, se o erro é humano, a polícia pode errar. Aliás, no caso brasileiro, ela tem errado sistemicamente, o que, de certo modo, permite colocá-la sob suspeição imediata, justificando a medida que certamente conterá o ímpeto teatral que tem caracterizado suas ações nesses contraditórios tempos infernais de democracia liberal. Tempos nos quais temos visto essa perversão de considerar *vox populi* como *vox Dei*, um absurdo que não pode nem deve ser acolhido em nenhum tribunal que se preze e dignifique o seu nome.

* * *

Ao ler a decisão do STF, recordei uma experiência que tive em Los Angeles, num certo dia de novembro de 1978, quando fui cruel e devidamente algemado em pleno centro da cidade por um policial do seu famoso e hollywoodiano departamento de polícia. Atravessava tranquilo uma rua perto do hotel onde estava hospedado, somente para ouvir de um policial louro, muito branco, de olhos azuis frios e sagazes a seguinte pergunta: "Você viu o que acabou de fazer?" "Sim, claro, acabei de atravessar a rua", respondi tranquilamente, revelando aquela superioridade dos que, no Brasil, só falam com a polícia em último caso e recurso. "Mas o sinal estava vermelho!", retrucou o policial, obrigando-me a olhar de viés para o alto poste onde uma enorme luz vermelha se apagava. "Mas a rua estava deserta", repliquei irritado, concluindo professoral e antropologicamente: "Como você deve saber, o sinal serve para proteger o pedestre contra os carros. Se não há carros, eles não têm função!"

"Não em Los Angeles!", respondeu axiomaticamente o agente da lei, chegando perigosamente para o meu lado e entregando-me um papel com uma multa de cinco dólares por haver ultrapassado, a pé, um sinal vermelho! Fiquei mais indignado do que um político, marqueteiro ou ministro brasileiro nas CPIs do mensalão e recusei-me a assinar o papel alegando que eu não podia concordar por escrito com algo que indiciava um inocente. (Se não for algemado, continua na próxima semana.)

ALGEMADO (II)

Ouvindo minha altaneira recusa de assinar o tíquete da multa, o guarda foi claro: "Você não vai assinar o tíquete?" "Não! Não posso assinar algo que me incrimina quando sou inocente", reiterei, reafirmando minha arrogância e minha disposição de dar uma preleção de jurisprudência comparada naquele policial ignorante.

Foi quando ouvi em alto e bom som o famoso e cinematográfico: "You are under arrest!" ["você está preso!"], seguido de um rápido gesto do policial que, posicionando meus braços para trás do meu corpo, neles abotoou um liso, frio e duro par de algemas do mais puro aço inoxidável, *made in USA*. A imobilização dos braços para trás e o aperto que senti nos pulsos provocaram uma inesperada falta de ar. Uma sensação de pânico misturada à percepção de impotência, tudo isso temperado pela boa e velha indignação aristocrática brasileira – afinal, sou um homem de bem, branco, educado e culto. Aquilo tudo não passava de um insulto. Algemado com as mãos para trás, imediatamente percebi que não podia fazer as coisas mais simples, como coçar o nariz, tirar um lenço do bolso, ou sequer andar com segurança...

Com a calma conformada dos algemados, olhei o agente da lei. O uniforme era impecável: calças e camisas(!) vincadas, cinto de segurança igual ao do Batman, com mais penduricalhos técnicos do que os salários dos nossos parlamentares. Os sapatos pretos brilhavam, refletindo as luzes da cidade. O sujeito não ria nem tinha pena da minha estupefação. A cara de jogador de pôquer revelava um cumpridor implacável da lei. Aliás, fui consolado quando me inteirei que os transeuntes olhavam a cena com indiferença e que não estava só, pois o mesmo policial repetia a dose com um outro sujeito. Desta feita com um americano que, tão algemado como eu, reclamava alto dizendo que aquilo era autoritarismo e arbítrio comunista! Algemado como um bandido no centro de Los Angeles! Falou dentro de mim voz aristocrática da minha cultura, obrigando-me a reagir. Chamei o guarda e, controlando meu nervosismo, disse quem era. Não se tratava de pessoa comum, mas de um doutor e professor universitário convidado pela Organização dos Estados Americanos que ali estava para tomar parte da reunião da Associação Americana de Antropologia. Se a cidade tinha aquela norma, eu não saiba, pois se soubesse não teria cometido a falta. Afinal, que papel era aquele que deveria assinar etc.

A tentativa de aplicar um "Você sabe com quem está falando?" em Los Angeles falhou. O policial não me ouviu, ocupado que estava em multar o outro sujeito. Tocado por piedade muito mais do que pelos meus atributos hierárquicos, o parceiro do multador explicou que o papel era um reconhecimento da falta. Se quisesse, poderia ir a uma corte de Los Angeles para reclamar minha inocência com um juiz. Se era assim, falou a voz da conciliação nacional dentro de mim, eu assinava.

Livre das algemas, enchi os pulmões e assinei o tal papel que, dias depois, foi enviado à Prefeitura de Los Angeles com uma carta explicando o evento. Após algum tempo, recebi uma polida resposta da Prefeitura de Los Angeles, reafirmando que não havia perdão: eu tinha que pagar a multa!

Voltei ao hotel da convenção e anunciei (não sem exageros) o episódio aos colegas. Os latino-americanos e brasileiros ficaram horrorizados. Nenhum americano, além de simpatia, esboçou qualquer reação. Logo me dei conta que ainda estava para existir um americano que não tivesse tido alguma experiência com a polícia. A maioria deles havia sido multada; todos tinham sido parados em rodovias para averiguações e alguns tiveram a experiência da prisão temporária por faltas leves. Comparecer a delegacias de polícia, discutir com policiais e ser por eles multados era algo banal numa sociedade individualista e, sobretudo, igualitária, onde o direito a ser feliz obviamente tinha que ser balizado pela lei e seus agentes.

Tudo isso conduziu-me a um inventário de minhas experiências com a polícia no Brasil e nos Estados Unidos. No Brasil, só tive contatos com policiais rodoviários, conseguindo evitar as multas. Lá, tive uma dezena de experiências com agentes da lei. Elas vão de advertências por excesso de velocidade a multas com o devido sermão por estacionamento proibido. Uma vez, fiquei irritado com a bronca que levei de um policial em Madison, Wisconsin, ao dirigir sem identificação quando voltava de uma academia de ginástica. Mas, note bem, não fui ameaçado, nem tentaram piorar a situação para depois facilitá-la com um "jeitinho" na base de alguns trocados. Vivi, na íntegra, a observação de Alceu Amoroso Lima quando, no seu inteligente *A realidade americana*, ele comenta que, nos Estados Unidos, vai-se da confiança para a desconfiança e não ao contrário, como é geralmente o caso brasileiro.

Isso sem esquecer a prisão dos meus filhos num estádio de beisebol que me levou a visitar a delegacia de South Bend, Indiana, só para descobrir, surpreso, a fria polidez de um velho sargento que recebeu a fiança, advertiu os meninos e entregou-os aos seus atônitos e envergonhados genitores brasileiros.

O que tudo isso revela?

ALGEMADO (III)

Quando, numa clara noite de verão fui com Celeste tirar os meninos da cadeia de South Bend, esperava encontrar uma delegacia imunda e um policial obviamente interessado em agravar o caso. Como poderia pensar de outro modo se todas as minhas experiências com a polícia no Brasil tinham sido deste tipo? Mas no momento em que entramos no prédio e fomos recebidos com polidez por um impecável agente da lei que nos informou claramente a situação dos nossos filhos, tivemos aquele grato alívio que explicava a calma dos amigos americanos com quem compartilhamos o caso.

"Não se preocupem", diziam eles naquela tranquilidade que a sociedade americana receita para quem está nervoso e pode ultrapassar os limites do bom senso com um gesto de impaciência que bota tudo a perder. Pagamos a fiança e ouvimos que pelo prazo de seis meses os dois não poderiam envolver-se com a polícia novamente. A falta cometida fora pequena e não tinham ficha. Ficamos tranquilos. Na sociedade americana, lidar com a polícia era tão trivial como aturar as discordâncias dos amigos. Aliás, era parte dela, pois o espetáculo da polícia que chega com alarme, meia dúzia de automóveis, sirenes e luzes vermelhas está dramatizando os limites face a um sistema individualista e igualitário. Você tem o direito a ser feliz, dizem, mas, por favor, escolha que tipo de felicidade você deseja, senão é algemado.

As algemas da memória trouxeram minha estreia com os policiais do norte. Foi em Cambridge, Massachusetts, depois de um jantar, quando eu, orgulhoso com o meu Ph.D, dirigia meu primeiro carro, um velho fusca verde utopicamente enfeitado com as flores plásticas de um "paz e amor" hippie. Fui parado por uma patrulha cujo guarda, chamado Otoni, me questionou sobre a placa do veículo: faltava a etiqueta correspondente ao ano de 1970, prova de que eu não havia quitado a licença. Seguindo a receita de minha cultura, "inventei" que não sabia do imposto, enquanto minha cabeça gritava o seguinte: absurdo esse guardinha me parar por causa de uma insignificante etiqueta de imposto, enquanto os assassinos e os bandidos estão roubando e matando em nossa volta!

Meu pensamento hierárquico e anti-igualitário reproduzia, com a inocência dos néscios em democracia, o argumento brasileiro trivial que consiste exatamente em ver o mundo em gradação. Minhas faltas são menores que as suas. Eu roubei, é verdade, mas o dr. Gatuno, ex-governador da província mais "muderna" do país, que faz campanha eleitoral de dentro da prisão onde come churrascos, roubou muito mais que eu. Claro que pequei mortalmente, mas é um ato mortal de primeira hora; os dele, entretanto, são rotineiros. Se eu não tiro, outro vai fazê-lo. Um mundo verticalmente organizado faz pensar em graus: primários, secundários, terciários e por aí afora. O mesmo ocorre no terreno da graça e do milagre, que é o "Você sabe com quem está falando?" do além e do jeitinho dos santos, dos diabos e dos anjos da guarda. Aqui, há sempre o próximo e o distante. Os amigos do peito, os mais ou menos, os adversários; os inimigos e os f.d.p.! Para eles, damos de presente esse Otoni que, como agente da lei, me colocava diante do mentir ou falar a verdade. Essa verdade que, entre nós, é um privilégio a ser *contado* somente para o pai e a mãe, para amigos íntimos e, às vezes, para a mulher amada porque, afinal, ela também precisa de uma "boa" mentira.

"Não minta!", falou um Otoni veemente. "Você é um estudante de doutorado de Harvard. É muito esperto, não tem desculpa para não saber dessa regra!"

Fiz como os romanos. Confessei a verdade. Disse que havia vendido o carro. A culpa não era minha, mas do meu vizinho, que não havia cumprido a lei. Otoni, como um Salomão do asfalto e da modernidade, foi tão magnânimo com a verdade quanto havia sido duro com a impostura do privilegiado harvardiano que fingia não saber; e que, sabendo, usava o seu saber para impingir, enganar e tirar partido de tudo, como manda a ideologia brasileira.

Caro leitor, eu poderia terminar com algumas piruetas e elipses (ou eclipses) sociológicas, mas não tenho mais paciência com a minha sociologia de jornal, nem com o meu narcisismo que, como viram, dura pouco. A moral dessa história, que precisa de um final, mas vai ficar sem a admoestação que todos, sobretudo os de esquerda e direita, tanto adoram, é que lá o policial é um dos nossos; aqui, ele é um "deles".

P.S.: Ser algemado com as mãos para frente é bem melhor do que pelas costas. Fala quem viveu o drama. Certamente a nossa Polícia Federal algemava pela frente porque isso dava mais conforto ao acusado, sobretudo aos bandidos de alto nível que, brancos, ricos, ex-ministros, banqueiros e doutores, mentem usando suas finas, limpas e bem tratadas mãos.

QUEM É DONO DO "SOCIAL"?

Todo reducionismo é um terrorismo porque nega a incomensurável complexidade da ação social humana, com as suas consequências imprevistas, advindas da capacidade de ler o mundo de um ponto de vista específico, usualmente chamado de liberdade; e com a sua perene obrigação de, em alguns casos e circunstâncias, intervir. Pois, em sociedade (algo bem diferente deste nosso mal politizado "social"), não fazer nada é um modo quase sempre aviltante, como temos recorrentemente testemunhado, de intervenção. No mundo humano, tudo, inclusive ficar de braços cruzados, é uma forma de ação.

As ondas do caso João Hélio mostram o que salientei: a nossa incapacidade de relacionar o geral com o particular; de compreender que o "social" (aspeado) não se resolve sozinho e que ele tem tantos lados que é mesmo complicado abri-lo, pois não há um modo de isolar um dos seus fatores sem que os outros apareçam.

Eu me explico. Todo crime não só tem componentes "sociais", mas é, ele próprio, social! Não apenas porque nossa consciência de culpa e nosso sentimento de autocomplacência tenham atingido o nível estratosférico dos nossos políticos, mas simplesmente porque o social (sem aspas) não pode ser reduzido às suas dimensões "utópicas", ou seja, a certos ideais e valores. Não vou entrar no mérito do pensamento utópico, porque não posso imaginar que alguém seja favorável à miséria e ao crime. O ideal seria viver numa sociedade equilibrada e, na utopia, sem nenhuma mazela.

Mas o problema é que o social das disciplinas sociais – que com enorme esforço, muitos erros e alguns acertos estudam as utopias contra o desejo dos utópicos, examinam a santidade contra a vontade dos religiosos, denunciam os erros e riscos do mercado contra o credo dos ideólogos do capitalismo e fazem o mesmo contra o desejo do realismo policialesco, que, no fundo, é tão utópico quanto os outros – engloba tudo, fala de tudo, diz respeito a todos os costumes, valores, leis, pensamentos e gestos.

Neste sentido, dizer que a criminalidade tem uma causa "social" é afirmar o óbvio. Não é preciso ir tão longe para assumir que o Brasil é um país injusto; não é preciso inventar um "social" qualificado como culpado, do qual seríamos os donos, para afirmar que todos os problemas sociais são complicados. Mas seria o complicado insolúvel? Teria ele o dom de racionalizar nosso imobilismo político e moral?

Os menores cometem crimes hediondos e esses crimes se avolumam. Seria reacionário sugerir que se discuta a mudança da menoridade para propósitos criminais, com relação a certos crimes, sobretudo se a sociedade vive num clima de plena e imoral impunidade? Vamos mais uma vez entrar no cabo de guerra imbecil, tipo: quem é favorável à mudança da idade da criminalidade penal é adepto da visão repressora segundo a qual o social se resolve com polícia; nós, os escolhidos, os esclarecidos e os revolucionários do bem, somos adeptos da transformação do "social". Quando foi que o uso da polícia contra o crime deixou de ser também social? A transformação da polícia e do sistema carcerário não estaria ligada a essas mudanças?

Aliás, reacionário é assumir que todo o crime tem como centro o tal "social" que seria irredutível e indecifrável. Sejamos inteligentes: o centro do atraso brasileiro não estaria justamente nesse argumento de que o "social" pertence a pessoas boas, sempre prontas a detonar um "Você sabe com quem está falando?", que não admitem desempacotá-lo?

Como foi que acabamos com a inflação? Se fôssemos nos guiar pelos argumentos do "social" impressos no estruturalismo cepalino, estaríamos até hoje sendo comidos pelo "dragão inflacionário" lido como uma praga insanável, bíblica no seu elo essencial com o Brasil.

SOBRE MÃES E MADRASTAS

Numa mensagem eletrônica, o brasilianista Richard Moneygrand comenta os eventos que têm mexido com os nossos corações, começando com a tragédia da menina Isabella. Eis a mensagem:

Caro Roberto:

Vocês foram um país patriarcal, escravocrata, controlado pelo pai-marido-irmão-senhor, e hoje são uma sociedade de casais divorciados, compelidos a conviver com filhos de outros casamentos. Sociedades de base aristocrática são sistemas desiguais e interdependentes, feitos de senhores e escravos, de ricos e pobres. Nelas, há uma imensa dificuldade em lidar com quem não tem um lugar no sistema: no caso, os descendentes de outros enlaces matrimoniais que devem ser tratados como iguais em relação aos outros filhos do casal. Filhos de pessoas separadas implicitamente denunciam a história conjugal dos pais no contexto do novo amor e enlace matrimonial. O olhar negativo que eventualmente recebem é a prova de uma resistência à autonomia que o mundo moderno tem dado sobretudo às mulheres. Antigamente, o casamento de viúvos com filhos era tolerado. Enteados, madrasta e padrasto são palavras estranhas ao ideário do núcleo familiar brasileiro, cuja fundação deve ser preferencialmente realizada por pessoas sem história conjugal. Nos vossos dramas, a descoberta de um descendente de uma relação passada pode inibir o novo enlace e ser motivo para o fim de um projeto de casamento. O ideal era que homem e mulher tivessem filhos dentro de apenas um matrimônio. Se a sociedade (e a casa) eram heterogêneas, a família deveria ser pura, constituída por gente "sem passado" conforme se diz ainda hoje. Basta ver as novelas. O folclore situa a "madrasta" como uma mulher má e incapaz de afeto. A vida é, muitas vezes, madrasta, diz-se. Vocês, brasileiros, têm um elo muito forte com a mãe, de quem se espera, além do amor, todos os sacrifícios. Da madrasta, esperam-se maquinações que como mostra a história de Branca de Neve, visam à destruição da enteada. Como antropólogo, você sabe que a família brasileira valoriza os elos de descendência, inibindo os laços de afinidade – o vínculo entre pais e filhos é mais importante do que a relação entre marido e mulher. Mas me parece claro que esses sinais começam a ser trocados e que há uma ênfase nos elos conjugais, como é o caso da sociedade americana. Se o elo entre um homem e uma mulher, como consortes, é mais básico ou começa a competir com a filiação, há mudança. Significa que a afinidade – essa dimensão que introduz num grupo integrado (feito da mesma "carne" e "sangue") um estranho por meio do amor erótico banido pelo incesto – ganha mais latitude. Se o amor, como parece mostrar a história, deixa de ser algo imposto pela família e passa a ser um assunto individual, a afinidade se fragmenta e pode ser vivida fora dos enquadramentos exemplares e trágicos do folclore das "brancas de neve" – essas meninas sem sete anões, mas com madrastas. Mas como mostra o desenrolar sempre inesperado da vida, nem sempre ocorre, pois o papel ambíguo de "madrasta" como a mulher do pai – obrigada, porém, a ser mãe de todos os seus filhos – é algo complexo justamente pela possibilidade de ser contaminado pelo ciúme do marido, projetando-o na enteada que entrou no grupo como um hóspede não convidado. Nesse sentimento contrabandeado para o interior dos laços mais íntimos, estaria a virtualidade do tratamento "madrasto" e de uma discriminação inconcebível dos enteados dentro da família. Esse grupo que, na sociedade brasileira, deveria ser marcado pela harmonia das velhas e boas hierarquias baseadas em afinidades "naturais".

Essas observações, é óbvio, não explicam o crime, mas ajudam a compreender a estupefação diante dele. Se o crudelíssimo assassinato tivesse ocorrido na rua ou até mesmo numa escola, seria chocante, terrível, mas nas atuais circunstâncias de incúria administrativa, explicável. O fato, porém, dele ter acontecido no interior de uma família de classe média é algo impensável. E o impensável engendra a revolta, que nada mais é do que o retorno do recalcado – dos sentimentos mal resolvidos ou ignorados quando casamos inovação com tradição.

Acho notável que no mesmo momento em que vocês vivem o drama de Isabella, o presidente Lula, no seu "comício" (a denominação, via recalque ou ato-falho, é da chefa da Casa Civil) do PAC, tenha reiterado a indicação da ministra como "mãe, tia e avó" do programa. O plano seria moderno, mas a ser implementado por uma mulher que "cuidará" dele como tia, avó e, sobretudo, mãe: matriarcalmente. Veja a força da tradição familística brasileira! Ninguém, exceto a oposição, que não conhece a linguagem popular, será a *madrasta* do Brasil. Você pode não gostar, mas o Homem é um craque. Seu governo mostra que fazer política é também dramatizar: abrir-se para as correntes mais profundas do sistema. Pena que, do outro lado, haja um bando de sujeitos inteligentíssimos, mas incapazes de ver de perto e enxergar de longe.
Take care,
Dick

NA PRAIA, A REFORMA DA SOCIEDADE

A praia é um lugar muito especial. Diferentemente do bar, do restaurante, do estádio e do cinema, que são pagos; da escola e da igreja, fixados pelo dever e pela fé; da praça, que ficou perigosa ou pode ser ocupada por gente indesejável, ela – apesar de ameaçada pela poluição endêmica e pelos arrastões violentos – permaneceu relativamente intocada como um espaço milagrosamente igualitário e prazeroso, definido como inverso a tudo o que é obrigatório ou maçante.

A praia serve para o banho de mar (ou "mergulho") que exercita e refresca, permite apreciar o diálogo das montanhas com o céu, o mar, o Sol e a Lua. E permite encontrar não só a turma com a qual temos afinidades, pois se divide em pontos, mas também todo tipo de gente estranha que confirma o seu inusitado encanto de juntar o rotineiro com o extraordinário que surge no corpo maravilhoso daquela linda suburbana.

Escusado dizer como ela é, acima de tudo, um palco iluminado para esportistas e corpos perfeitos. Em Icaraí, Niterói, nas palmeirinhas, esperávamos aflitos a chegada de algumas deusas que estudadamente se despiam de suas "saídas de praia" e "armavam" suas barracas como se estivessem na ilha de Robinson Crusoé, mas tendo plena consciência das dezenas de olhos que as admiravam à distância.

No século passado, a moda dos frequentadores de praia se resumia num despojamento da parafernália consumista que hoje acompanha o banhista de outrora. Naqueles tempos, levava-se, no máximo, uma barraca e um dinheirinho para um chope, tomado no bar porque a areia não ficava dividida pela multidão de ambulantes atropeladores de corpos e conversas com seus produtos. Eventualmente, surgia a possibilidade de tomar um sorvete ou um mate. Mas sanduíche, churrasco, queijo, pastel e outros quitutes que hoje são perversamente obrigatórios, nem sonhar. Aliás, se eles surgissem naquele tempo, seriam considerados o cafona do cafona: coisa de gente da "Zona Norte". Pois a praia era o local da vivência a mais despojada e igualitária. Era o local onde o general, o professor, o político, o milionário e o estudante pobre revelavam somente suas ideias, já que seus corpos humildemente se igualavam numa nudez denunciadora da verdadeira democracia à brasileira: a de um corpo com outros, todos sem defesa ou disfarce.

Eu fui à praia com todas as idades e de todas as maneiras. Nu quando era bebê. Com um calção de lã com alcinhas, quando menino, levado obviamente por um pai superatleta que amava o mar, o remo e a natação. Com shorts cáqui, "estilo americano", com aquele dinheirinho estratégico no bolso e uma boa turma que complementava construindo meu ego quando rapazinho e, finalmente, com mulher e filhos, repetindo o mesmo ciclo mágico de frequentador destas margens onde, branca e fofa, a areia acaba-se afundando numa água salgada muito azul.

Outro dia a ela retornei com filhos e netos, mas em vez de repetir a vivência marcada pelo prazer, tivemos que dar meia-volta e amargar um retorno lamentado em choro pelos netos e revoltado pelos adultos.

É que a "praia" estava fria, batida e imunda.

Eu me explico. É que a "praia" se refere a um conjunto. Ele inclui tanto a orla e a areia, quanto a água, o clima e o comportamento do mar. Uma praia boa fala de águas translúcidas, sol, ondas agradáveis, calçadas acolhedoras e areias brancas e sem lixo. Pode significar também ambiente amigável, "legal" ou "bem-educado", coberto de barracas, com seus ocupantes-habitantes procedendo como vizinhos respeitadores dos espaços das suas sombras e estando, acima de tudo, preocupados com o comportamento maravilhoso e sempre perfeito dos seus filhinhos, que gritam e jogam areia em todo mundo, "brincando" animadamente.

Nesse dia, o povo frequentador comportava-se daquele modo magicamente igualitário, respeitando todos os espaços, o que contrastava brutalmente com o modo com que dirigiam para ali chegar. Se para chegar eram todos monstros ao volante, uma vez na praia tornavam-se mais igualitários do que os mais idealizados suecos ou suíços, sendo cuidadosos na instalação de suas tralhas e cuidando que seus educadíssimos filhinhos não perturbassem os outros. Lamentavelmente, porém, esse comportamento não ia além das barracas, pois se a sombra que a tenda de cada qual criava estava limpa e forrada, havia lixo em todo o derredor. Como de hábito, o sujeito curtia um refrigerante ou um sanduíche na sua barraca, mas desfazia-se das sobras na areia e na orla, onde presumia que a água, que lava tudo, lavaria também o lixo e a sujeira produzidos. Ora, esse lixo, combinado à sujeira do mar desta baía de Guanabara que – PQP! – dizem que está sendo despoluída, mas que fica cada dia mais imunda, tornava o banho impossível e insuportável.

"A gente suja e eles limpam." Voltei para casa refletindo se não era chegado o momento de pensar também na reforma da sociedade. Essa sociedade que, na praia e em todos os lugares, demanda uma implacável e radical transformação do Estado mas, enquanto isso, joga o lixo que produz na água onde toma banho...

DESPERDÍCIOS

Uma entrevista de Jean-Claude Carrière a propósito da morte de dois grandes cineastas, o sueco Ingmar Bergman e o italiano Michelangelo Antonioni, coincidentemente mortos no mesmo dia 30 de julho, inspira este comentário. São desaparecimentos que acentuam os paralelismos de concepção de vida, pois tanto Bergman quanto Antonioni fizeram filmes sobre a inevitável solidão, os permanentes recomeços, a dolorosa consciência da finitude e o orgulho humano de enfrentar a morte a cada dia – seja com o amor, seja por meio de um jogo simulado, mas jogado com esperança, mesmo sabendo de antemão o resultado. Pois o Homem, como o Rei, morre; mas suas obras permanecem.

Para uma geração socializada nos filmes do tipo *die hard*, *Rambo* e *O exterminador do futuro*, Jean-Claude Carrière é um ilustre desconhecido. Mas para quem, como eu, teve sua educação sentimental balizada pelo cinema, ele foi roteirista de um dos maiores gênios do cinema, o espanhol Luis Buñuel (que, por sua vez, morreu – outra coincidência! – no dia 29 de julho de 1983) e, na fase final e mais produtiva da carreira de ambos, criaram um conjunto de filmes memoráveis, produzidos por Serge Silberman, na década de 1970.

Luis Buñuel é um dos diretores que mais admiro e, em minhas aulas sobre a problemas sociais lidos pelo cinema, deleitei-me ao observar as reações dos meus alunos a filmes como *O discreto charme da burguesia* e *O fantasma da liberdade*, ambos com roteiros feitos por Carrière.

Um dia, mostrei *Viridiana* a um padre paranoide. Vocês não imaginam o prazer que tive em testemunhar como a narrativa dissolvia aquela consciência hipócrita no drama da heroína, que experimentava como boas intenções não são suficientes para mudar o mundo.

Mas onde o gênio da dupla Buñuel-Carrière atinge o topo é no filme *O fantasma da liberdade*, quando apresentam a vida social como uma sucessão de convenções e revelam como a consciência da relatividade (que liberta e condena) é o ponto central do absurdo humano. Essa película iluminou minha vida e ficou como uma das mais perfeitas lições sobre a relatividade das convenções sociais que tive a oportunidade de testemunhar. Aliás, conta o folclore que Buñuel teve dúvidas quanto a trabalhar com Carrière porque, como ele mesmo disse ao produtor do filme, Serge Silberman, "Esse rapaz é muito inteligente, mas eu não posso continuar trabalhando com ele: ele concorda com tudo o que eu digo!".

Voltando à entrevista de Jean-Claude Carrière, nela o consagrado roteirista enfaticamente declara, e com aquela lucidez de sempre, que temos hoje "muitos filmes, mas pouco cinema".

É o mal de um mundo fundado no desperdício. Um mundo com muita informação e pouca sabedoria; muita moda e pouca elegância; muito sexo e pouca sensualidade; muito dinheiro e pouca generosidade; muito terminal e pouca pista; muita exibição e pouco espetáculo; muito corpo e pouca alma; muita viagem e pouca jornada; muita bebida e pouco espírito; muita casa e pouco lar; muita religião e pouca fé; muitos casórios e poucos casamentos; muitas escolas e pouco ensino; muitas instalações e pouca arte; muita maluquice e pouco louco; muita ideologia e pouca revolução; muita tela e pouca pintura; muito estádio e pouco jogo; muito atleta e pouco recorde; muita novidade e pouco milagre; muito charme e pouca graça; muita politicagem e pouca política; muito livro e pouca literatura; muita teoria e pouco entendimento; muita arma e pouca paz; muito desânimo e pouca esperança; muito cacique e pouco índio; muita tarefa e pouco trabalho; muito carro e pouca rua; muita desonestidade e pouca honra; muita sujeira e pouco sabão; muita cidade e pouco urbanismo; muita missa e pouca reza; muito populismo e pouco povo; muito problema e pouca vergonha; muito crime e pouca culpa;

muito juiz e pouca sentença; muito criminoso e pouca prisão; muita escuridão e pouca luz; muita palavra e pouco sentido; muito ódio e pouco amor; muita fome e pouca comida; muita dor e pouco consolo; muitos deuses e pouco sacrifício; muita areia e pouco caminhão; muito ver e pouco enxergar; muito pelado e pouco nu; muita música e pouca melodia; muita escrita e pouca literatura; muito brilho e pouca inteligência; muita confiança e pouco amor; muita légua e pouca botina; muito fantasma e pouco ancestral; muito falar e pouco fazer; muito ouvir e pouco escutar; muita sede e pouca água; muito intelectual e pouco intelecto; muita mendacidade e pouca honestidade e, como dizia Luis Buñuel: muita realidade e pouca imaginação...

DATA ORIGINAL DE PUBLICAÇÃO DAS CRÔNICAS

A cura por Schopenhauer, *O Estado de S. Paulo* e *O Globo*: 3/10/2007.
A primeira vez, *O Estado de S. Paulo* e *O Globo*: 1º/10/2008.
A sete palmos, *Valor Econômico*: 16/4/2007.
A vida imita a arte ou vice-versa ao contrário, *O Estado de S. Paulo* e *O Globo*: 19/3/2008.
A vida imita a arte ou vice-versa ao contrário II, *O Estado de S. Paulo* e *O Globo*: 26/3/2008.
A carta do filho morto, *O Estado de S. Paulo* e *O Globo*: 8/8/2007.
Entre presentes, *O Estado de S. Paulo* e *O Globo*: 26/12/2007.
Depois de tudo: em torno de heranças e legados, revista *Cara & Coroa*: junho de 2008.
Quando o tempo passa, *O Estado de S. Paulo* e *O Globo*: 17/9/2008.
Rezar e chorar, *O Estado de S. Paulo* e *O Globo*: 2/4/2008.
Sabemos demais, *O Estado de S. Paulo* e *O Globo*: 22/11/2006.
Roberto Cardoso de Oliveira, *O Estado de S. Paulo* e *O Globo*: 26/7/2006.
Muitas dádivas e um reconhecimento: David Maybury-Lewis, *O Estado de S. Paulo* e *O Globo*: 12/12/2007.
Uma renúncia do mundo, *O Estado de S. Paulo* e *O Globo*: 30/4/2008.
Renunciante do mundo (ou onde estavas), *O Estado de S. Paulo* e *O Globo*: 7/5/2008.
Sobre exames e concursos, *O Estado de S. Paulo* e *O Globo*: 10/10/2007.
Náufragos, *O Estado de S. Paulo* e *O Globo*: 12/9/2007.
A vida pelo avesso, *O Estado de S. Paulo* e *O Globo*: 13/9/2006.
De novo, "você sabe com quem está falando?", *O Estado de S. Paulo* e *O Globo*: 15/3/2006.
Você tem inveja?, *O Estado de S. Paulo* e *O Globo*: 24/10/2007.
A crônica da inveja e a inveja da crônica, *O Estado de S. Paulo* e *O Globo*: 31/10/2007.
O macaco cidadão, *O Estado de S. Paulo* e *O Globo*: 23/5/2007.

Em torno dos gatos, O *Estado de S. Paulo* e *O Globo*: 4/4/2007.
Manifestações coletivas, O *Estado de S. Paulo* e *O Globo*: 5/9/2007.
O lugar da polícia, O *Estado de S. Paulo* e *O Globo*: 27/2/2008.
Onde está a polícia, O *Estado de S. Paulo* e *O Globo*: 5/3/2008.
O novelo da novela, O *Estado de S. Paulo* e *O Globo*: 16/5/2007.
A cultura como realidade, O *Estado de S. Paulo* e *O Globo*: 14/5/2008.
A ressurreição da carne, O *Estado de S. Paulo* (*Caderno 2*): fevereiro de 1994.
Conspirações e segmentações, O *Estado de S. Paulo* e *O Globo*: 4/6/2008.
Diálogos & dialéticas, O *Estado de S. Paulo* e *O Globo*: 31/1/2007.
A montanha do espinhaço quebrado, O *Estado de S. Paulo* e *O Globo*: 5/4/2006.
Batendo de frente com o mundo, O *Estado de S. Paulo* e *O Globo*: 20/6/2007.
A imagem do bem limitado, O *Estado de S. Paulo* e *O Globo*: 14/11/2007.
Em torno do bem ilimitado, O *Estado de S. Paulo* e *O Globo*: 21/11/2007.
O valor das ideias, O *Estado de S. Paulo* e *O Globo*: 2/5/2007.
Em torno de um valor nacional: a mentira, O *Estado de S. Paulo* e *O Globo*: 31/5/2006.
Em torno de um valor nacional: a mentira II, O *Estado de S. Paulo* e *O Globo*: 7/6/2006.
Brasil de todos os santos, pecados e éticas, O *Estado de S. Paulo* e *O Globo*: 26/4/2006.
Brasil de todos os santos, pecados e éticas II, O *Estado de S. Paulo* e *O Globo*: 13/5/2006.
Descumprir a lei: memória de uma conferência, O *Estado de S. Paulo* e *O Globo*: 25/4/2007.
Macaqueando: em torno das imitações, O *Estado de S. Paulo* e *O Globo*: 6/12/2006.
Macaqueando: em torno das imitações II, O *Estado de S. Paulo* e *O Globo*: 13/12/2006.
Esfera pública e mendacidade, O *Estado de S. Paulo* e *O Globo*: 16/4/2008.
Cuidar ou governar?, O *Estado de S. Paulo* e *O Globo*: 3/1/2007.
Uma história do Diabo, O *Estado de S. Paulo* e *O Globo*: 6/6/2007.
Decolagem e contradições: a visão de fora, O *Estado de S. Paulo* e *O Globo*: 27/9/2006.
Pre (visões), O *Estado de S. Paulo* e *O Globo*: 17/1/2007.
Amor, ética e sociedade, O *Estado de S. Paulo* (*Caderno 2*): janeiro de 1994.

Os efeitos sociais do neoliberalismo, *O Estado de S. Paulo* e *O Globo*: 13/6/2007.
De novo, as olimpíadas, *O Estado de S. Paulo* e *O Globo*: 13/8/2008.
Por que gostamos de futebol?, *O Estado de S. Paulo* e *O Globo*: 21/6/2006.
Que time é teu? Ou o eterno retorno do futebol, *O Estado de S. Paulo* e *O Globo*: 25/6/2006.
O futebol e seus hospedes não convidados, *O Estado de S. Paulo* e *O Globo*: 28/6/2006.
O futebol e seus hospedes não convidados (II), *O Estado de S. Paulo* e *O Globo*: 5/7/2006.
O público e o privado, *O Estado de S. Paulo* e *O Globo*: 18/6/2008.
Tropa de elite e tropo de elite, *O Estado de S. Paulo* e *O Globo*: 17/10/2007.
Algemado, *O Estado de S. Paulo* e *O Globo*: 27/8/2008.
Algemado (II), *O Estado de S. Paulo* e *O Globo*: 3/9/2008.
Algemado (III), *O Estado de S. Paulo* e *O Globo*: 10/9/2008.
Quem é dono do "social"?, *O Estado de S. Paulo* e *O Globo*: 7/3/2007.
Sobre mães e madrastas, *O Estado de S. Paulo* e *O Globo*: 23/4/2008.
Na praia, a reforma da sociedade, *O Estado de S. Paulo* e *O Globo*: 25/1/2006.
Desperdícios, *O Estado de S. Paulo* e *O Globo*: 15/8/2007.

OBRAS DO AUTOR
PUBLICADAS PELA ROCCO

CONTA DE MENTIROSO
EXPLORAÇÕES
O QUE FAZ O BRASIL, BRASIL?
RELATIVIZANDO
TORRE DE BABEL
A CASA & A RUA
CARNAVAIS, MALANDROS E HERÓIS
ÁGUIAS, BURROS E BORBOLETAS
O QUE É O BRASIL?
TOQUEVILLEANAS
A BOLA CORRE MAIS QUE OS HOMENS
CRÔNICAS DA VIDA E DA MORTE

Este livro foi impresso na Editora JPA Ltda.,
Av. Brasil, 10.600 – Rio de Janeiro – RJ,
para a Editora Rocco Ltda.